아이 캔 주짓수

아이 캔 주짓수

강선주 글
연분도련 그림

팬덤북스

얼렁뚱땅 주짓수

여기저기 안 아픈 데가 없다.

매일매일 타이핑을 하는 탓에 양쪽 손목이 나간 지 3년. 불규칙한 생활 패턴 탓에 원인 불명의 만성 두드러기를 앓은 지 7년. 많이 먹으면 소화가 안 되고, 적게 먹으면 기력이 떨어지는 내 나이 서른 넷.

근육이라고는 눈을 씻고 찾아도 도무지 찾아볼 수 없다는 트레이너들의 진술에 따라 어떻게 해서든 몸을 움직여 보기로 결심했다.

제일 먼저 도전한 종목은 헬스.

쉽게 생각한 만큼 포기도 빨랐다. 특히 집에서도 매일 보는 텔레비전을 트레드밀 위에서도 보고 있자니 뭐하는 짓인가 싶었다.

다음은 요가.
요가를 하면서 깨달았다.
'아, 나는 태어날 때 엄마 뱃속에 유연함을 두고 나왔구나.'
세상에 이렇게 뻣뻣할 수가. 뻣뻣함의 극치라니.
선생님은 언제부터인가 나와 눈을 마주치지 않았다.
'선생님, 지금 저 포기하신 건가요?' 또르르.

골프에도 도전해 보았다.
예쁜 자세, 멋진 자세, 그 자세 그대로 끝까지 유지하는 것이 골프의 포인트!
포즈가 좋은 골퍼의 공이 잘 나가지 않으면 컨디션이 안 좋은 것이고, 포즈가 나쁜 골퍼의 공이 잘 나가면 운이 좋아 잘 나간 것이라 할 정도로 골프에서는 포즈, 포즈가 생명이다.
운동의 가격은 1인당 사용하는 땅 면적과 비례한다고 했는데, 평균적으로 4인이 18홀에 달하는 넓은 땅을 쓰려면 당

연 비쌀 수밖에 없고……(그렇다면 가난한 글쟁이인 저는 이만 퇴장 해
보겠습니다. 총총)

어쩌면 이 모든 것은 핑계일지도 모르겠다.

헬스, 요가, 골프…… 어떤 운동도 나의 흥미를 자극하지
못했고, 나 역시 깊이 빠져들지 못했다. 그 결과, 자연스레 운
동과는 거리가 먼 삶으로 돌아가게 되었다.

그러던 어느 날 문득 액션 영화 속 건강하고 멋진 여자 캐
릭터를 보며 그런 생각이 들었다.

'나도 싸움이나 잘했으면 좋겠다!'

이 터무니없는 생각은 금방 사라지기는커녕 한순간에 '왠
지 잘할 수 있을 것 같다'는 밑도 끝도 없는 자신감으로 변모
했고, 여기에 빠른 실행력이 불을 지폈다. (빠른 실행력은 내 성격
의 가장 큰 장점이자 단점이다) 즉시 집에서 가장 가까운 거리의 킥
복싱장을 찾았더니 10분 거리에 있다고 나왔다. 흠…… '과
연 내가 10분 거리의 킥복싱장을 잘 다닐 수 있을까?' 고민
이 되었다.

그때 마침 집 앞 바로 길 건너편에 주짓수 체육관이

'신.규.개.업' 했다는 대문짝 만한 현수막을 보게 되었다. 그 순간 '아, 이것은 주짓수를 시작하라는 신의 계시인가!' 하는 생각이 번뜩 들었고, 그 길로 주짓수 체육관에 발을 들이게 되었다.

그렇다.

처음부터 주짓수에 거대한 포부를 가지고 시작한 것이 아니었다. 주짓수에 대한 지식이 풍부했던 것도, 주짓수를 통해 이루고자 하는 꿈이 있었던 것도 아니었다. 주짓수를 하며 그 속에서 행복을 느끼고 인생을 바라보며 이런 글을 쓰게 되리라고는 꿈에도 생각해 보지 못했다. 하지만 현재 누구보다 주짓수를 사랑하게 되었고, 시작은 얼렁뚱땅이었지만 주짓떼로 나름 성장해 가고 있다.

인생에는 무수히 많은 우연들이 존재하는데
그 우연과 우연이 모여 현재를 만들고
현재의 내가 이 자리에 머물도록 한다.

우연히 주짓수를 시작하게 되었고

우연히 주짓수와 사랑에 빠졌다.

우연한 만남이 인생의 중요한 한 부분을 장식하게 되었다.

지금도 나는 주짓수를 통해 어떠한 목적을 이루거나 무언
가를 성취할 생각이 없다. 주짓수를 배우며 사람들과 함께하
는 즐거움을 느끼는 것만으로도 충분하다.

우연히 만난 주짓수로 나는 현재를 사는 법과 인생을 배웠
고 그 덕분에 점점 더 멋진 주짓떼라가 되어 가고 있다.

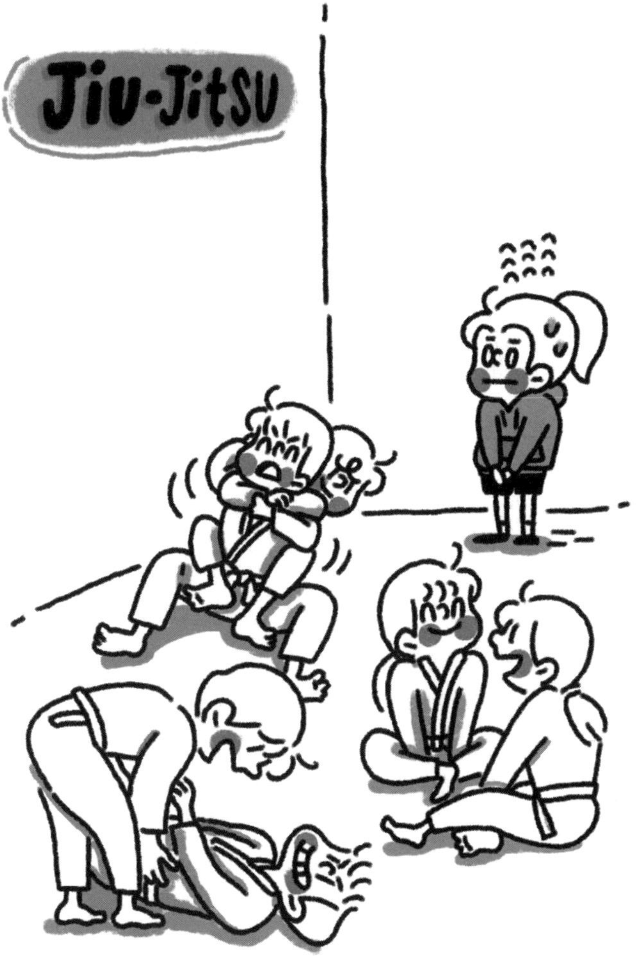
Jiu-Jitsu

주짓수를 한다고 하면 꼭 한 번씩 물어보는 질문들

Q 주짓수, 그게 뭐예요?

A 주짓수의 기원에 대해서는 설이 많은데, 일본의 유술 혹은 유도를 기반으로 만들어졌다는 설이 가장 유력합니다. 주짓수는 유럽으로 전파된 유러피안 주짓수와 브라질 전통 격투기 발리 투두와 결합한 브라질리언 주짓수로 나뉘는데, **현재 국내의 주짓수는 브라질리언 주짓수가 일반적입니다.** 주짓수는 자신의 힘보다 상대의 힘을 컨트롤하는 것이 중요한데, 유리한 포지션을 선점하여 관절 꺾기, 목 조르기 등의 기술로 상대를 제압하는 일종의 실전 격투기입니다.

(그래도 아직 주짓수가 아리송하다면 마블 시리즈의 '블랙 위도우'를 떠올려 보세요. 액션 영화 속 주인공들이 펼치는 화려한 액션 중 일부에는 주짓수가 포함되어 있는 것이 많답니다)

Q 남자와 여자가 같이 스파링을 하기도 하나요?

A '주짓수가 무엇이냐'는 질문 다음으로 가장 많이 받는 질문입니다. 결론부터 말하면 'YES'입니다. **시합에 나가면 같은 성별, 같은 체급끼리 스파링을 하지만 체육관에서는 다른 성별, 다른 체급일지라도 함께 스파링을 합니다.** 힘의 논리와 기술 여부에 따라 승리할 수도 패배할 수도 있지만, 주짓수 역시 스포츠이기에 나름의 규칙과 예의가 존재합니다. 그렇기에 격투 무술이라는 이유로 크게 겁을 내거나 할 필요는 없습니다. 실제로 이성 간의 스파링은 동성 간의 스파링과는 다릅니다. 여성은 빠른 스피드와 유연함, 남성은 근력이 장점인데 서로 다른 강점을 지닌 상대와 연습하는 것은 실력 향상에 큰 도움이 됩니다.

Q 저도 한번 배워 보고 싶은데, 누구나 다 잘할 수 있는 운동인가요?

A 누구나 할 수는 있습니다. 하지만 **사람마다 취향, 체질이 다 다르기에 다 잘 맞는다고 할 수는 없을 듯합니다.** 운동 중에서도 특히 자신에게 잘 맞는 운동이 있는 것처럼 주짓수도 호불호가 갈릴 것이며 체질과 성정에 잘 맞는 사람과 그렇지 않은 사람으로 나닙니다.

앞서 이야기한 것처럼 주짓수는 격투 무술이기에 상대를 고통스럽게(!) 해야 하고, 나 역시 고통스러울(!) 수 있습니다. 그렇기에 고통에 민감하거나 다치는 것에 두려움이 많다면 하기 어려울 수 있습니다. 실제로 체육관에서는 스파링이 무서워(?) 테크닉 수업에만 집중하는 주짓떼들도 있고 테크닉 수업보다는 스파링에 집중하는 주짓떼들도 있습니다. 이는 전적으로 취향의 문제인데, 개인적인 생각을 덧붙이자면 아무래도 승부욕이 강할수록 주짓수를 좋아하게 될 확률이 더 크지 않을까 싶습니다.

Q 주짓수를 하려면 힘이 세야 하나요?

A 기본적으로 근력과 악력을 많이 활용하기 때문에 힘이 세다면 아무래도 유리하겠죠? 하지만 반드시 힘이 세야만 주짓수를 할 수 있는 것은 아닙니다. 본인이 가진 힘보다는 상대가 쓰는 힘의 흐름을 이용하고 거기에 신체 구조를 활용하여 싸우는 것이 기본이기에 힘이 세다고 잘하고, 약하다고 못하는 것은 결코 아니랍니다.

CONTENTS

I CAN 주짓수

ROUND 2

YOU CAN, WE CAN 주짓수

ROUND 1

I CAN 주짓수

모든 일이 그렇듯 시작은 장.비.빨

    친구 주영*이에게 집 앞에 생긴 체육관에서 주짓수를 배워 볼까 한다고 말했다. 늘 이성적으로 나의 소비 충동을 억제시켜 주는 그녀가 내게 한 첫 번째 충고는 '상담 갈 때 카드를 두고 가라'는 것이었다. 나의 20년 지기이자 헬스 경력

---

* 쇼핑 시 구입의 타당성 여부를 평가해 주는 절친. 나의 지름이 얼마나 어리석은지 매번 일깨워 준다.

8년 차인 그녀의 충고는 늘 옳았다. 왜냐하면 그녀는 나에 대해 너무도 잘 알고 있었기에.

나로 말할 것 같으면 무엇이든 꽂히면 해야 하고 갖고 싶으면 가져야지만 직성이 풀리는 성격이다. 무슨 일이든 설명을 다 듣기도 전에 지갑부터 여는 습성을 가진 나에게 상담은 곧 결제였다. 그것을 너무나 잘 알고 있던 주영이는 내게 당일에 결제하지 말고 돌아오라며 신신당부했다.

주영이의 충고를 가슴 속 깊은 곳에 새기고 체육관에 발을 내디딘 나를 반겨 준 사람은 훈남 퍼플 벨트 오 관장*님이었다. 마침 점심 수업을 마친 뒤라 체육관에 혼자 계셨는데 낯설어 하는 내게 친절하고 세심하게 상담을 해 주셨다.

주짓수는 어떤 운동인지, 관원은 얼마나 있는지, 여성과 남성의 비율은 어떤지 등. 거기다 무엇이든 해 봐야 알 수 있으니 두어 시간 뒤에 있을 수업에 참관해 보라고 권하셨다.

10분도 채 설명을 듣지 않은 내가 정신을 차렸을 때는 이

---

* 체육관에서 훈남을 담당하고 있음. 늘 웃는 얼굴로 스파링을 하는데 그래서 이상하게 더 무서움. 전신에 쇠가 함유되어 있다는 소문이 돌 정도로 통뼈임. 연예인과 함께 방송에 나왔는데 연예인보다 잘 생겨 민폐를 끼쳤다는 소문이 있음.

미 손에 카드 결제 영수증이 들려 있었다. 역시 주영이는 나를 알아도 너무 잘 알았다.

주짓수를 시작하기로 한 이상 필수 준비물이 있었는데 바로 도복이었다. 관비도 관비지만 도복이 생각보다 꽤 비쌌다. 오 관장님은 체육관에서 구입해도 되고 다른 매장에서 구입해 가져와도 된다고 하셨다.

"관장님, 이렇게 비싼 도복을 샀는데 조금 배우다가 관두면 어떻게 해요?"

급 자신감 없어 보이는 내 질문에 오 관장님은 소탈하게 웃으며 그래서 많은 관원들이 3개월씩 끊는다고 설명해 주셨다. 한 달만 하고 관두기에는 도복 값이 아깝고 6개월까지 다니기에는 자신이 없고. 듣고 보니 맞는 말 같기도 하고 아닌 것 같기도 했다. 이런 것을 두고 우문현답이라고 해야 하나.

성격 급한 나는 다른 도복을 알아보는 것도 귀찮고 배송을 기다리기도 싫었기에 그냥 체육관 도복을 구입하기로 결정했다.

그렇게 나는 3개월 치 결제 영수증과 도복을 들고 귀가했다. 집에 오자마자 도복을 풀어 보았다. 깃이 두툼하고 체육관 마크가 새겨진 흰색 도복. 아직 시작하지도 않았지만 도복을 입으니 제법 폼이 났다. 마음에 쏙 들었다. 왠지 주짓수를 열심히 할 것만 같은 예감이 들었다.

다음 날, 새하얗고 빳빳한 새 도복을 입고 첫 수업에 나갔다. 도복을 입고 있는 사람들의 모습을 찬찬히 보고 있으니 나름 다양한 디자인, 브랜드가 있는 듯했다. 체육관 거울에 비친 내 모습과 그들의 모습을 비교해 보니 역시 신삥은 티가 났다.

'나와 같은 체육관 도복을 입은 자, 나와 같은 신삥이로구나.'

첫 수업은 어떻게 지나갔는지 모르게 정신없이 끝났다. 운동을 마친 내가 집에 돌아와 가장 먼저 한 일은 주영이에게 도복을 또 사야겠다는 보고였다. 체육관에 가 보니 세상에는 매우 다양한 도복이 존재했고 그것들이 있어야지만 멋진 주짓떼*가 될 수 있다고 설명했다. 그녀는 나의 장황한 설명을 듣더니 한숨을 쉬며 장비빨을 세우려는 어리석음을 타박했다. 운동을 시작하면 누구나 겪는 과정이지만 아직은 너무

---

* 주짓수를 하는 여자는 주짓떼라, 남자는 주짓떼로라고 부르며 이 둘을 모두 지칭할 때는 '주짓떼'로 통칭한다.

이르다며 3개월 동안 출석을 잘 채우면 구입을 허가하겠다고 공표했다. 듣고 보니 주짓수에 대한 흥미가 언제 떨어질지 몰라 일단은 말을 듣기로 했다.

하지만 얼마 되지 않아 복병이 찾아왔다. 바로 날씨. 그 무렵 엄청난 무더위가 찾아왔는데, 말로 설명하자면 더워도 너무 더워 사람 진을 다 빼놓고도 남는다는 이른 바 찜통더위였다. 거기다 이 녀석은 더위로 사람 진만 빼놓는 것이 아니었다. 습기 때문에 도복이 마르지 않아 잘 참고 있던 도복 구매욕까지 고쳐시켰다. 정말, 진짜, 리얼, 레알, 어쩔 수 없이, 결국, 궁극적으로 도복을 사야만 하는 상황에 놓이게 된 것이다.

하는 수 없이 울며 겨자 먹기의 심정(!)으로 주영이에게 도복 구입을 공지하며 말했다.

'여름 습기에 도복이 마르지 않아 운동을 할 수 없으니 새 도복이든 빨래 건조기든 사야겠다.'

주영이는 무더운 날씨와 그간의 출석률과 주짓수에 대한 나의 애정도를 감안하여 도복 구입을 허락해 주었다.(야호!) 허락이 떨어짐과 동시에 나는 즉시 사이트에 들어갔다. 하나하나 꼼꼼히 살펴보는데 내공이 부족한 탓인지 아무리 봐도 거기서 다 거기 같아 보였다. 무엇이 좋은 도복인지 알기 어려웠다. 그래서 그냥 제일 깔끔하고 (내 눈에 예쁘고) 주짓수를 잘하는 사람처럼 보이는 도복으로 골랐다. 그것이 바로 VHTS*의 블랙문이다. 흰색 도복은 체육관에서 구입한 것이 있으니 이번에는 왠지 세 보이는 검정으로 준비했다.

새 도복을 입고 체육관에 가니 사람들이 내게 새 도복을 샀느냐며 관심을 가져 주었는데 괜히 뿌듯했다. 거금을 들여 산 도복인데 제대로 된 것을 고르지 못했을까 봐 괜히 쫄려 있었는데. 역시 괜히 장비빨을 세우는 게 아니구나 싶었다.

수업이 진행되고 스파링을 하는데 사람들이 내게 블랙문을 입으니 기술이 더 좋아진 것 같다고 말해 주었다. 나 역시 블랙문을 입으니 속도가 빨라지고 기술이 좋아짐을 느꼈다. 이게 정말이냐고? 가능한 일이냐고? 물론, 뻥이다. 세상에 옷 하나 갈아입었다고 실력이 좋아질 리가.

그저 새 도복을 입으니 기분이 좋아졌을 뿐이고, 관원들과 주고받는 농담으로 더 친근해졌을 뿐이고, 예쁜 도복을 한

---

* 도복 브랜드.

번이라도 더 입고 싶어 자주 체육관에 갈 뿐이었다. 아무렴 어떠랴. 이 정도 효과라면 비싼 도복 값은 이미 충분히 하고도 남은 것이 아닐까.

가끔 주짓수 실력이 마음처럼 늘지 않을 때 혼자서 이런 상상을 하고는 한다. 컴퓨터 게임에서 아이템을 착용하면 능력이 바뀌고 기술력이 좋아지는 것처럼 현실의 나도 도복에 따라 능력이 자유자재로 바뀌면 좋겠다고.

하지만 현실에서 그런 일은 절대로 일어나지 않을 것이므로 그저 묵묵히 드릴*을 하는 수밖에.

---

* 특정 학습에서 학습자의 기본적이고 기계적인 기능을 향상시키기 위하여 실시하는 반복 연습. 주짓수에서는 앞 구르기, 뒤 구르기, 옆 구르기, 새우빼기 등이 있음.

나를 반겨 주는 이가 있는 곳

무작정 주짓수 체육관에 발을 내디딘 나는 당연히 아는 사람이 없었다. 그래서였을까. 온통 새하얀 매트로 도배가 된 곳에 들어서면 왠지 모르게 먼 나라에서 온 이방인처럼 느껴졌는데, 그때마다 살갑게 다가와 말을 걸어 주는 이가 있었다. 항상 웃는 얼굴로 '누나'를 외쳐 주는 블루 벨트 주짓떼로 승헌이었다.

주짓수와 낚시를 좋아하는 살가운 성격의 동생. 체육관의 인사 과장 역할을 톡톡히 하는 승헌은 처음 보는 내게도 반갑게 인사를 건네며 나이가 몇 살인지, 사는 곳은 어디인지, 어떤 일을 하는지 등을 물으며 호구 조사를 했다. 더불어 체육관의 이모저모를 설명하며 나중에는 주짓수 체육관을 차리고 싶다고 했다. 정말이지 그는 주짓수를 좋아, 아니 사랑하는 것 같았다.

승헌이는 주짓수를 시작하기 전에 미리 알아 두면 도움이 될 만한 정보들을 이해하기 쉽게 알려 주었다. 그가 알려 준 정보들이 대단한 것은 아니었지만 주짓수의 지읒도 모른 채 체육관에 발을 내디딘 나로서는 아주 유용했다. 무엇보다 체육관이 아직 어색하기만 내게 말을 걸어 주는 이가 있다는 것이 심리적으로 큰 위안이 되고 의지가 되었다.

사실, 나는 느낄 수 있었다. 그가 묻는 질문들이 개인적 호기심에서 비롯된 것이 아님을. 내게 시행한 호구 조사는 이제 한 식구가 되었다는 친근함의 표현이었고, 어색해하며 쭈뼛거리는 내게 그럴 것 없다며 무심한 듯 다정히 보내는 위로였다는 것을 말이다.

그는 나뿐 아니라 체육관에 오는 모든 사람들을 반겨 주며 한 명 한 명에게 인사를 건넸다. 늘 웃는 얼굴로 사람들에게 먼저 다가가 놀리는 듯 장난치는 듯 많은 것들을 가르쳐 주었고, 특유의 가벼운 말투로 주변 사람들을 유쾌하게 만들었다. 그것이 그의 장점이고 매력이었다.

낯선 곳에 나를 반겨 주는 이가 있다는 것이 얼마나 위안이 되는지 평소에는 미처 몰랐는데 그를 통해 새삼 느끼게 되었다. 체육관에 들어서면 늘 웃는 얼굴로 '누나 왔어?'라며 큰 소리로 반겨 주는 목소리 덕에 더는 내가 이방인이 아님을, 이곳의 식구가 되었음을 느꼈다.

그동안 나는 간단한 인사 한마디가 얼마나 많은 의미를 내포하는지, 낯설어 하는 누군가에게 말 한마디 먼저 건네는 것이 얼마나 큰 힘이 되는지 알면서도 모른 척해 왔던 것 같다. 낯선 사람에게 말을 거는 일이 귀찮고 번거롭게 느껴져 괜히 체면을 차리게 되었고, 상대가 다가오기만을 기다릴 뿐 먼저 다가서지 않았다. 승헌이를 보니 그런 내 자신이 왠지 모르게 부끄러웠다.

그 뒤로 나도 승헌이처럼 사람들을 보면 먼저 인사를 건네게 되었다. 누구인지, 아는 사람인지 아닌지는 중요하지 않았다. 먼저 인사를 건넸을 때 아무도 내게 자기를 아느냐고, 누구시냐고 묻지 않았다. 대신 그들도 나와 똑같이 웃으며 답례를 건넸다.

체육관에 나를 반겨 주는 이가 있다는 것은 설령 주짓수를 잘하지 않더라도 그곳에 가는 발걸음을 가볍게 한다. 그곳에 자신이 속해 있다는 소속감마저 느끼게 한다.

먼저 말 한마디 건네는 것, 별로 힘이 드는 일도 아니고 대수로운 일은 더더욱 아니지만 그 별것 아닌 일이 누군가에게는 따뜻한 온기가 되어 다가간다.

오늘도 체육관이 낯설어 시선을 허공에 둔 이들에게 다가가 인사를 하고 말을 건넨다. 나의 사소한 한마디가 우리 체육관에 오는 사람들의 발걸음을 가볍게 하는 온기가 되었으면 좋겠다.

손가락이 아주 중요한 직업이라서요

컴퓨터가 발달하기 전, 그보다 더 앞서 타자기가 발달하기 이전에 작가들은 무엇으로 글을 썼을까. 뭐긴, 당연히 펜이겠지. 그럼 그들에게는 펜을 쥐는 한쪽 손이 보다 중요했을 테고, 그중에서도 펜을 쥐는 손가락 세 개가 특히 중요했을 것이다.

그에 비해 요즘 작가들에게는 손가락 열 개 다 매우 중요하다. 키보드로 타이핑을 하려면 손가락 열 개가 모두 필요하기 때문이다. 그 덕에 원고를 쓰는 속도도 매우 빨라졌는데 가끔은 키보드를 치는 속도가 너무 빨라 생각의 속도를 앞서기도 한다. 생각을 다 마치지도 않았는데 문장은 이미 끝나 버린 경우가 한두 번이 아니다.

나는 인공 지능이 세상을 지배할까 봐 두려운 것이 아니라 손가락이 나를 지배할까 봐 두렵다.(그럼에도 손가락이 없으면 당장 굶어 죽을 테니 그의 명령에 따르는 수밖에······)

비가 억수 같이 쏟아지던 어느 새벽, 극심한 손가락 통증으로 잠에서 깨어났다. 다리가 쑤시거나 허리가 아파 잠에서 깨어난 적은 있었어도 손가락 마디마디가 쑤셔서 깨어나기는 처음이었다. 왜지······? 왜일까······? 나의 손가락에 무슨 일이 생긴 것일까.

이유는 간단했다. 주.짓.수. 주짓수를 할 때 도복 깃을 하도 움켜쥔 탓에 안 쓰던 손가락 근육이 놀라 마디마디가 쑤시는 것이었다. 순간 덜컥 겁이 났다. 그나마 손가락으로 밥줄을 연명하고 있는데 이러다 손가락을 못 쓰게 되는 것은 아닌지. 온갖 상상으로 머리가 복잡해졌다.

다음 날, 체육관에 가자마자 오 관장님을 붙잡고 간밤에 있었던 손가락 통증에 대해 호소했다. 관장님은 시간이 지나면 괜찮아질 거라며 나를 위로했다. 그러고는 자신의 손을 보여 주었다. 크고 마디가 두꺼우며 굳은살 박인 거친 남자의 손이었다.

"저도 왕년에는 손이 참 고왔어요. 그런데 주짓수를 하다 보니⋯⋯."(저, 잠깐 뭐⋯⋯ 뭐라⋯⋯고요? 그럼 주짓수를 계속하면 제 손도 관장님 손처럼 된다는 말씀이신가요?)

이 무슨 청천벽력 같은 소리인가. '얼굴도 못생겼는데 손가락까지 못생기면 전 어떻게 해요?'라고 마음속으로만 외쳤다.

관장님은 테이프가 있는 위치를 알려 주며 손에 테이핑을 하고 운동을 하면 좀 나아질 거라고 했다. 그러고 보니 많은 주짓떼들이 손가락에 테이핑을 한 채로 운동을 하고 있었다. 주짓수를 할 때 손가락에 테이핑을 한다니⋯⋯ 참으로 '간지' 나는 일이 아닐 수 없었다!

휴대폰 배터리 수명이 길어지면 좋겠지만 그럼 휴대폰은 무거워진다. 발레를 하면 자세가 좋아지지만 발가락은 못 생겨진다. 연애는 감정적인 풍요로움을 주지만 가끔은 그로 인한 엄청난 감정 소모를 불러일으킨다.

이게 다 무슨 말이냐고? 무언가를 얻기 위해서는 희생도 필요하다는 말이다.

주짓수를 잘하려면 열심히 노력하는 시간도 필요하지만

육체적인 희생도 필요하다. 그렇기 때문에 당분간 나의 밥줄과 같은 손가락 근육을 주짓수에게 조금 내어 주기로 했다. 무림의 고수가 될 것도 아닌데 왜 이런 희생을 하느냐고 묻는다면 대답은 간단하다. '즐겁고 뿌듯하고 재밌으니까.' 보기에 예쁜 것만이 다가 아님을 아니까.

나는 젊지만 어리지는 않다. 무엇을 해도 예쁜 나이를 지나 이제는 어른스러움을 요구하는 나이가 되었다. 30대가 되면 자연히 어른이 되는 줄 알았는데 꼭 그렇지만은 않았다. 아직도 마음은 10대처럼 철이 없고 여전히 무엇이 옳은지 모르고 엉뚱하기만 하다. 그럼에도 어른처럼 보이기 위해 부던히 노력하며 어른 코스프레를 하고 있다. 하지만 코스프레는 코스프레일 뿐, 진짜 어른이 되기란 아직도 어렵고 버겁다.

지금도 자주 실패하고, 좌절하고 슬픔을 맛보고는 한다. 그랬더니 멀리 있는 것만 같던 어른이라는 옷에 제법 가까워진 듯하다. 예쁜 손가락 대신 주짓수를 선택한 것도 그런 이유에서였던 것 같다.

아직은 처음이라 마디마디가 다 쑤시지만 좀 더 익숙해지면 손가락 근육도 발달해 덜 아플 것이다. 그러기 위해서는 지금 이 고통을 참고 인내해야 한다.

앞으로는 간지를 위해…… 아니, 나의 '소중한 밥줄'을 위해 손가락에 테이핑하는 것을 잊지 말아야지.

자신을 지키려면 약점부터 알아야 한다

   손가락도 손가락이지만 내 신체에서 가장 약한 부위는 손목과 팔꿈치이다. 매일매일 타이핑을 한 탓에 양쪽 손목이 자주 시려 한의원에 가 침을 맞고는 했는데, 언제인가부터 팔꿈치까지 같이 아파 왔다. 인간은 세포 분열이 끝나는 청소년기가 지나고 나면 노화가 시작된다고 하니 노화가 한참 진행되고도 남을 나이에 당연한 수순일지도 모르겠다. 그럼에도 여기저기 아픈 것이 썩 반갑지는 않다.

   나는 진작부터 손목에 부담을 덜 준다는 인체 공학 마우스와 값비싼 기계식 키보드를 사서 써 왔다. (쓸데없이 비싼 기기들을 샀다는 이유로 주영이에게 폭풍 잔소리를 듣기는 했지만, 나름 만족하며 쓰고 있다) 아프다는 핑계로 키보드와 마우스를 바꾼 것은 맞지만 그것들을 고를 때 가장 먼저 고려한 점이 '간지'라는 점 또한 인정하는 바이다. 실제로 그것들은 나의 작업에 적잖은 도움을 주었다.(기분 탓일 가능성을 배제할 수는 없지만)

체육관에서 드릴을 하거나 스파링을 할 때 가급적이면 손목과 팔꿈치를 많이 쓰지 않으려 한다. 그것이 나의 약점임을 잘 알기 때문이다. 스파링을 하다 잘못해서 손목이라도 잡히면 바로 항복의 의미인 '탭'을 외친다. 괜히 오기를 부려 버티다가 크게 다칠까 겁이 나기 때문이다. 나는 다치는 것이 겁나고 상처받는 것이 두렵다. 그래서 스스로를 지키기 위해 매사에 조심조심이다.

상처받는 것이 두렵지 않은 사람은 세상에 없을 것이다. 주짓수를 하다 다치는 것은 물론이고 타인의 시선에, 무심함에 상처를 받기도 한다. 여기서 상처받는 것을 두려워하지 말라는 말은 하고 싶지 않다. 상처가 나면 아픈 것이 당연한데 그냥 참고 견디라는 것은 정말 가혹하다.

상처받지 않는 강철 심장을 지닌 사람이 세상에 과연 몇

이나 될까. 상처받지 않은 척, 강한 척 스스로를 다독여도 상처는 결국 상처다. 물론, 이 상처를 그냥 내버려 둔다고 해서 자신이 어떻게 되거나 세상이 무너지지는 않을 것이다. 그저 제때 치료받지 못해 못생기게 아물 뿐이다. 뒤늦게 상처를 돌아보며 흉이 졌다고 억울해 해도 소용없다. 미리미리 상처를 돌보지 않은 나의 탓이니까. 못생기게 아문 상처도 결국 자신이 감당해야 할 몫이니까.

상처받지 않으려는 노력의 일환으로 언제부터인가 현재의 마음과 기분에 관심을 갖게 되었다. 언제 상처를 받는지 곰곰이 생각해 보는 것이다. 그래야 그 순간이 오더라도 나를 위해 피해 갈 수 있을 테니까.

나는 손목과 팔꿈치가 약함을 익히 알기에, 상처받기 쉽고 한 번 받으면 오래 아플 것임을 알기에 특별히 조심한다.

그럼 여기서 잠깐! 그렇게 조심하기만 하면 도대체 주짓수를 어떻게 하는 거냐고 궁금해할 수도 있는데, 손목과 팔꿈치를 아끼는 대신 다리를 매우 잘 이용한다. 모름지기 인간은 적응의 동물이라 신체의 어느 부분이 약하면 다른 부위가 발달하기 마련이다. 그 덕에 나는 비교적 강한 다리를 갖게 되었고 주짓수에서도 다리를 훨씬 더 많이 쓴다.

만약, 손목이 약하다는 것을 미리 알지 못했다면 그 상태로 계속하다가 어느 날 손목을 다쳐 금방 주짓수를 포기하게 되었을지도 모른다. 하지만 신체적 약점을 일찌감치 파악하여 위기 상황에 대비했고 그 덕에 지금처럼 즐기며 주짓수를 하게 되었다. 여기에 수확 한 가지 더. 내 다리가 (상대적으로) 강력하다는 것도 알게 되었다!

　약점을 아는 것은 정말로 중요하다. 그래야만 자신을 지킬 수 있다. 주짓수에서도, 인생에서도.

머리
매일 쥐어뜯어서인지 기억력이 나쁨

눈
모니터 보느라 항상 피로

어깨
자주 쑤심

귀
자주 아픔

손목
타이핑으로 인한 엘보

팔꿈치
자주 접질린 탓에 인대 늘어남

목
거북이가 친구 하자고 함

위
끼니를 대충 때워
만성 위염에 시달림

배
신경 쓰면 특히 아픔

피부
만성 두드러기

허리
자주 아픔

총평 : 멀쩡한 곳이 없음

이거 다 땀인데요?

친구가 2시에 만나자는 연락을 해 왔다. 주로 12시 수업을 듣기에 2시면 다소 빠듯한 시간이었다. 하는 수 없이 친구에게 양해를 구하고 우리 집에서 만나자고 제안했다. 친구는 내가 주짓수를 한다는 말에 반신반의하며 재미있다는 듯 그러자고 했다.

그날따라 주짓떼들의 수업 외 스파링이 길어졌는데 탈의실에 들어와 휴대폰을 확인하니 친구는 벌써 집 앞에 다 와 있다고 했다. 나는 후다닥 옷만 갈아입고 집으로 잽싸게 달려갔다.

뛰어오는 나를 본 친구가 깜짝 놀라며 물었다.

"안 씻고 온다더니 씻고 왔어?"

온통 탐으로 범벅이 된 모습에 적잖이 놀란 듯했다.

"이거 다 땀인데?"

"이게 다 땀이라고?????"

친구는 놀란 듯 되물었다.

문득 오 관장님이 일전에 하신 말씀이 떠올랐다. 주짓수를 배우려면 상대의 땀을 한 2리터쯤 먹어야 한다는. 짭짤한 땀맛을 봐야 주짓수 좀 했다고 할 수 있는 거라고! 이게 무슨 소리냐고? 주짓수를 하다 보면 그만큼 땀이 많이 난다는 뜻이다.

몸풀기로 기본 드릴을 20분만 해도 땀이 뚝뚝 떨어진다. 웬만해서는 땀이 잘 나지 않는 나 같은 사람도 주짓수 앞에서는 속수무책이다.

돌이켜보면 학생 때 이후로는 땀을 흘리며 무언가를 해 본 적이 없는 것 같다. 어릴 때는 운동회도 하고 쓸데없이 뛰어다니며 놀기도 했었는데. 성인이 되고 나서는 땀 흘리는 상황이 오더라도 피하게 되었다. 땀까지 흘려 가며 무언가를 해야 하나 싶은 생각이 들었다.

하지만 지금 나를 보면 어떠한가. 에어컨 바람으로 시원한 체육관, 헬스장, 요가원에 가서 돈과 시간을 들여 땀을 빼고 있으니. 참으로 아이러니한 상황이다.

수렵 생활을 하던 과거에는 운동을 할 필요가 없었다. 사냥을 하고, 빨래를 하고, 물지게를 지다 보니 자연스럽게 운동량이 채워졌다. 돈을 주고 운동을 할 필요가 없었다. 반면에 이제는 돈을 들여 땀이 나지 않도록 애쓰고 다시 돈을 쓰며 땀을 내는 상황으로 자신을 내몬다. 그러면서 느낀다. 역시 돈이 좋다고.

대신 과거에 비해 몸이 편안해진 반면 머리가 바빠지기는 했다. 계산적이고 사고도 같이 복잡해졌다. 나만 해도 무엇 하나 결정하고 행동할 때 몸 대신 머리부터 굴리게 된다. 머리가 나쁘면 몸이 고생한다는 것은 아마도 현대에 만들어진 속담일 것이다.

하루 동안 내가 움직이는 양을 계산해 보면 아마 매우 적을 것이다. 휴대폰 앱을 켜 하루 걸은 걸음 수를 보면 100걸음도 채 되지 않는 날이 수두룩하다. 머리만 바쁜 꼴이라니. 참으로 한심하다.

영화 〈월-E〉를 보면 후반부에 걷지 못하는 인간들의 모습이 나온다. 기계를 타고 날아다니니 걸어다닐 일이 없어진 것인데 그 장면을 보며 무섭다고 느꼈지만 현재의 나도 별반 다르지 않은 모습이다.

몸은 움직이지 않고 머리만 굴리다 보니 나도 모르게 잡념과 스트레스가 쌓였고 그것은 고스란히 불면증으로 이어졌다. 사람들은 '따뜻한 우유를 마셔 봐라', '산책을 해라', '명상을 해 봐라' 등 많은 조언을 해 주었지만 무용지물이었다. 수면 유도제는 씨알도 먹히지 않았고, 수면제조차 나의 정신을 완전히 곯아떨어지게 하지 못했다. 그 고통은 정말이지 말로다 할 수가 없다. 불면을 겪어 본 사람만이 그 고통을 알리라.

그런 내가 어느 날부터인가 주짓수라는 '숙면제'의 도움으로 꿀잠을 자게 되었다. 땀을 바가지로 흘리며 격한 운동을 한 탓도 있었겠지만, 운동을 하는 순간만큼은 다른 생각 않고 오로지 기술과 스파링에 집중하다 보니 잡념이 사라졌다. 나를 괴롭히던 생각에서 멀어지자 스트레스도 확 줄어들었다.

평소 결과나 승패에 꽤나 집착하는 성격이었는데, 신기하게도 주짓수를 하며 겪는 승패에는 개의치 않았다. 지면 지는 대로 분하다며 깔깔깔, 이기면 신난다고 깔깔깔. 그 이상

이하도 아니었다. 아무런 이해관계 없이 금방 소진되어 버리는 감정이 좋았다. 마음에 오래 담아 두지 않아도 되고, 곱씹으며 감정의 희비를 가리지 않아도 되어 편했다. 땀을 한 바가지 쏟으며 그만큼 생각도 비워 내면 사우나를 한 듯 개운해진다.

비록 몸에서 땀 냄새가 풀풀 풍겨 친구에게 민폐를 끼칠지라도 왠지 그 모습마저 자랑하고 싶다. 이렇게나 상쾌하고 개운하다고! 내가 이렇게 땀을 많이 흘리는 여자라고!

함부로 등을 보이지 말 것

주짓수를 하다 보면 저마다 자주 사용하는 기술이 생기기 마련이다. 주짓수 초짜인 나에게도 주요 기술이 있었으니 바로 삼십육계 줄행랑이다! 날렵한 체격으로 상대의 공격을 요리조리 피하는 것이 나름의 기술이라면 기술이었다. 그러다 가끔 얻어걸려 공격에 유리한 자세를 선점하기도 했는데, 문제는 유리한 자세에서 할 수 있는 공격까지는 아직 배우지 못했다는 것이다.

결국, 어떻게 해야 할지 몰라 허우적대다 보면 금방 다시 상대의 역공이 시작됐고 영락없이 줄행랑을 쳐야만 했다.

그러던 어느 날, 점심 반의 터줏대감 큰 형님*께서 내게 한 가지 꿀 팁을 알려 주셨다.

'한 가지 공격 기술만 익혀라.'

큰 형님은 일단 하나의 기술만 제대로 익히면 스파링에서 써먹을 수 있다고 했다. 그 말에 이런저런 시행착오를 겪은 뒤 상대의 등을 잡고 목을 조르는 백초크 기술을 집중 공략하게 되었다. 상대의 목깃 그립만 잘 잡으면 많은 힘을 들이지 않고 항복의 의미인 탭을 받아 낼 수 있는 기술이었는데, 숱한 연습 끝에 한 달 뒤, 나는 내가 아는 기술 중에서 백초크를 가장 잘하게 되었다.

주짓수를 하다 보면 늘 같은 성별, 같은 체급과 스파링을 할 수는 없다. 비슷한 체급과 하다가도 때로는 전혀 다른 체급과 스파링을 하게 된다.

큰 형님은 나와 비슷한 시기에 주짓수를 시작하였고 늘 같

---

* 나보다 두 달 먼저 주짓수를 시작한 체육관의 큰 형님. 늘 허허 웃는 표정과 인자한 성품으로 주짓메들을 귀여워해 주시는 분.

은 시간에 수업을 들었기에 자주 나의 스파링 상대가 되었다. 스파링을 할 때 나는 그가 알려 준 대로 한 가지 기술 즉, 백초크만을 집중적으로 활용했다. 그 결과, 그는 매번 나의 백초크에 걸려 탭을 외쳐야 했다.

주짓수를 할 때 등을 보이는 행동은 매우 불리하다. 등에는 눈이 없어 상대가 날 어떤 기술로 공격할지 알 수 없다. 큰형님이 자주 백초크에 걸렸던 이유는 불리한 상황에서 등을 말아 몸을 보호하는 습성 때문이었고, 나는 그런 특징을 일찍이 간파했다.

체급이나 근력 면에서 월등히 앞서는 큰 형님이 힘으로 눌러 버렸다면 승부는 불 보듯 뻔했을 것이다. 하지만 매너남 큰 형님은 오직 기술로만 승부를 보려하셨고, 그 배려 덕분에 나는 한 가지 기술을 온전히 마스터할 수 있었다.

늘 허허 웃으며 무엇이든 괜찮다고 다독여 주는 말, 무언가를 가르쳐 줄 수 있는 사람을 보면 가서 하나라도 더 배우라며 등 떠밀어 주는 태도를 가진 큰 형님은 아마 인생에서도 그런 모습이지 않을까 싶다. 인생에서 위기를 맞이했을 때도, 설령 자신의 등은 뭇매를 맞을지언정 자신이 안고 있는 것들을 모두 품으며 지켜 내는 그런 사람.

인생에 위기가 찾아오면 누군가는 몸을 말아 안을 보호할 것이고, 누군가는 몸을 돌려 정면으로 위기를 떠안으려 할 것이다. 여기서 무엇이 더 나은 선택이라고 쉽게 단정 지을 수는 없다. 소중한 것을 꽁꽁 숨겨 둬야 할지, 모든 것을 내려놓고 빠르게 위기를 돌파해야 할지는 전략의 차이지 옳고 그름의 문제는 아니니까.

그동안 나는 어떤 일이 생기면 어딘가에 숨기보다 맞서 싸우는 전투형에 가까웠다. 14살의 어린 나이에 서울로 유학을 와 혼자 살다 보니 자연히 그렇게 되었다. 한 시간 남짓의 거리에 부모님이 계셨지만 당장 무슨 일이라도 생기면 나를 보호해 줄 사람이 없을 것만 같았다.

지금 생각해 보면 그 사실이 무의식적으로 나를 옥죄었던 것 같다. 무슨 일이든 혼자서 잘 헤쳐 나가야 자신을 지킬 수 있다고, 위기의 순간에서 나를 지킬 수 있는 것은 오직 나뿐이라고 믿었다. 숨어 봤자 일은 해결되지 않고 이기든 지든 맞서 싸워야만 상황이 종료된다고 경험을 통해 깨달았다.

지금은 이런 성격이 매번 좋은 결과만을 가져 오지 않았다는 것을 인정한다. 언제나 '당당해야 한다', '솔직해야 한다'고 배웠지만 살다 보니 정면으로 맞서 싸우는 것이 꼭 좋은 결과만을 낳지는 않았다. 사람을 배려하기 위해서는 고개를 숙일 줄도, 내가 틀렸음을 인정할 줄도 알아야 했다. 어떤 일에서는 한 발 비켜서서 상황을 달리 바라봐야 했고, 등을 돌리고 선 채로 봐도 못 본 척해야 할 때도 많았다.

인생이란 복잡한 것이기에 어떤 상황을 두고 누구는 승자, 누구는 패자 이렇게 나눌 수만도 없었다. 그래서 가끔은 어떤 일에 무작정 정면으로 들이대는 내가 거만해 보이기도 했고, 부족하게 느껴졌다.

그런 의미에서 큰 형님은 나와는 정말 다른 사람이었다. 잠시 등을 돌릴지라도 보호하고자 하는 것을 확실히 보호하고 지키고자 하는 것을 확실히 지켜 내는 사람. 자신이 이길 줄을 뻔히 알면서도 부러 져서 상대를 높일 줄 알고, 보았으면서도 등을 돌리고 서서 못 본 척해 주는 어른이었다.

나와 스파링을 할 때도 무조건 공격을 피하기 위해 나 몰라라 등을 돌리는 것이 아니었다. 잠시 위기를 피하며 더 큰 도약을 준비하는 것일 뿐.

지금도 큰 형님은 나와 스파링을 할 때면 어김없이 등을 내어 주고 나의 백초크에 포박된다.

전과 달라진 것이 있다면 이제는 나의 백초크에서 빠져나

오는 방법을 익혀 당당히 내 기술을 무마시켜 버린다는 것이
다. 으…… 분하다!

거리, 공간, 시야의 법칙

　스파링을 할 때는 거리를 먼저 선점하는 것이 중요하다. 각자의 신체적 조건에 맞는 거리, 공격이 용이한 거리를 찾아 상대에게 다가가야 한다. 거리를 먼저 선점하면 공격하기 좋은 공간을 만들기가 훨씬 수월해진다. 이때, 상대를 내 시야에 두고 나는 상대방의 시야에서 사라지면 금상첨화. 상대를 제압하기가 몇 배는 더 용이해진다.

이것이 서 관장*님이 강조하셨던 '거리, 공간, 시야의 법칙'
이다. 이종 격투기 선수인 서 관장님은 주짓수뿐만 아니라
다른 스파링에서도 거리, 공간, 시야의 법칙은 매우 중요하다
고 말씀하셨다.

　　'거리, 공간, 시야.'

　　이 법칙은 인간관계에서도 마찬가지다. 아무리 친한 사이
일지라도 타인과 나 사이에는 일정 거리가 필요하다. 가족도
마찬가지다. 바싹 붙어 한 치의 틈도 허용치 않는 관계도 있
지만, 손이 닿지 않을 만큼 멀리 떨어져 바라보기만 해야 하
는 관계도 있다. 내 공간에 들이기 싫지만 가까이 두고 보아
야 문제가 풀리는 경우도 있고, 시야 안에 상대를 두니 의외
로 쉽게 풀리는 문제도 있다.

　　스파링을 할 때 상대가 먼저 거리를 결정하게 두면 우선권
을 빼앗기게 되듯 인간관계도 마찬가지다. 상대와 나 사이의
안전거리는 내가 결정하는 것이 좋다. 그래야 공격을 할지,

---

* 체육관의 듬직한 기둥이자 이종 격투기 선수. 두툼해진 만두귀만 보아도 함부로 덤비면 안
　되겠다는 생각이 들게 하는 레알 파이터. 하지만 알고 보면 손목에 딸을 지켜 주겠다는 문신
　을 새긴 영락없는 딸바보. 주짓떼들 스파링할 때 훈수 두면 꿀잼.

피신을 할지 선택할 수 있다.

가끔은 내가 가진 결정권을 버리고 싶기도 하다. 내가 내리는 결정이 옳은지, 그른지 혼란스럽고 결정에 대한 책임을 지는 것이 두렵기도 하다. 그래서 은근 슬쩍 문제를 내려 두어 누군가 그 문제를 움켜쥐고 대신 결정을 내려 주기를 바란다. 그러면 우선 마음은 편해진다. 나중에 잘못되더라도 핑계를 댈 수 있으니까.

하지만 그러한 결정들은 결국 나중에 가서 나의 발목을 잡는다. 번거로움과 책임의 무게로 내려놓은 문제들은 결코 타인이 해결해 줄 수 있는 영역이 아니기에 상대가 내 마음에 쏙 들게 해결해 주기가 쉽지 않다. 지금 힘들다고 타인에게 결정을 미루어서는 안 되는 이유가 바로 여기 있다.

거리를 선점하면 자신이 설정한 일정 거리 속에서 주관대로 행동할 수 있다. 상황을 두고 물러서야 하는지, 다가가야 하는지 판단할 수 있다. 내가 먼저 생각하지 않으면 주도권을 상대에게 빼앗기고 만다. '생각하는 대로 살지 않으면 사는 대로 생각하게 된다'는 폴 발레리의 말처럼 생각의 주도권을 빼앗긴 삶은 그저 흘러갈 뿐이다.

나는 늘 문제가 생기면 나의 거리에 두고, 나의 공간에서,

내 시야 안에서 해결하고 싶어 한다. 그것이 실패나 안 좋은 결과로 이어질 수도 있지만 그 경험이 나중에는 도움이 될 것이라 믿어 의심치 않는다. 잘못된 판단으로 인해 일은 잘못되더라도 최소한 후회는 남지 않을 테니까.

눈에서 멀어지면 마음에서도 멀어진다는 말이 어느 정도 공감되는 나이가 되고 보니 거리에 대한 생각도 전과 많이 달라졌다. 책임져야 할 것들이 점점 더 많아져 어깨를 짓누르니 눈에 보이지 않는 것들까지 신경 쓸 여유가 없어졌다. 내 시야에 머무는 것들만 처리하기도 벅차다. 그 덕에 내 시야에 상대방을 두고 관계를 지속한다는 것, 상대의 시야에 계속 내가 머물 수 있도록 노력한다는 것이 얼마나 대단한 일인지 새삼 알게 되었다.

'거리, 공간, 시야.'

주짓수에서 유용한 스파링 팁일 뿐 아니라 인생에서도 중요한 기술이 아닐까 싶다.

내 시야에 있었으면 좋겠어
네가 늘 가까이에 있었으면 좋겠어
늘 내 공간에 들어와 있었으면 좋겠어
????
갑자기??
그래야 내가 선제공격을 할 수 있거든!
끄아 아아!!

기본이 가장 중요하다

우리 신체 중 머리의 무게는 대략 5킬로그램이라고 한다. 실감이 잘 나지 않는다면 돼지고기 5킬로그램을 들어 보라. 아마 꽤 무거울 것이다. 거기다 우리의 머릿속에는 알차고 다양한 지식이 꽉꽉 들어차 있으니 더 무거울 수밖에.

그런 무거운 머리를 지탱하고 있는 것은 허리의 반밖에 되지 않는 가는 목이다. 목은 유연하지만 약하다. 그러니 연약한 목이 우리의 머리를 지탱하고 있기란 얼마나 버거울까. 일하느라 혹사시킨 목에게 갑자기 너무도 고마워진다.

주짓수를 하다 보면 여리디 여린 목이 위험에 고스란히 노출된다. 바로 초크 때문에. 초크에 걸리면 억울하지만 탭을 외칠 수밖에 없다. 우리의 목은 소중하니까.

주짓떼들은 초크에 걸리지 않기 위해 양손으로 꽃받침을 만들어 목을 보호한다. 아주 단순하고 쉬운 동작이지만 효과는 생각보다 크다.

초크에 걸리기 전, 손을 목에 끼우면 걸리더라도 손을 이용해 위험으로부터 도망칠 수 있고 피해도 줄일 수 있다. 어린 시절, 사진 찍을 때 부모님들이 '예쁜 짓'이라며 꽃받침 동작을 시킨 것이 여기서 빛을 발한다. 훗날 주짓수를 하며 목 부러지지 말라는 큰 뜻이 꽃받침에 숨어 있었던 것이다.

하지만 안타깝게도 늘 꽃받침 동작만 한 채로 스파링을 할 수는 없다. 양손이 늘 목 주변에만 머물러 있으면 공격을 할 수 없으니 이길 수도 없다.

나는 이길 욕심에 자주 꽃받침 동작을 풀고 공격부터 시작하고는 한다. 그러면 상대는 틈을 놓치지 않고 목을 공격해와 초크를 걸고, 결국 탭을 외치게 된다. 분하기는 하지만 기본을 지키지 않은 내 잘못이기에 상대를 탓할 수 없다. 그렇게 당하고 나면 이길 욕심에 더욱 맹공을 펼치게 되는데 기본기가 무너진 상태에서 공격을 하다 보면 당하는 것은 결국 나이다. 제대로 된 공격 한 번 하지 못한 채 백전백패하고 만다.

왜 자꾸 나는 기본을 잊고 앞서 나가는 것일까. 기본만 해도 잘하는 것이라는데, 왜 항상 기본을 지키기가 쉽지 않을까. '혹 기본의 기준이 너무 높은 것은 아닐까?', '내가 인생의 기본을 너무 모르나?' 주짓수를 하다 보면 이런 생각이 들어 어렵고 난감할 때가 많다.

어쩌면 기본이 가장 어려운 이유는 내가 불합리한 사람이어서 그런지도 모르겠다. 이럴 때는 맞지만, 저럴 때는 틀리고. 이 사람에게는 되지만 저 사람에게는 안 되고. 기본이란 모름지기 그런 것이 아니니까. 늘 한결같아야 하고 어떤 상황에서도 공통적으로 적용되어야 하는 것이 기본이니까. '기본만 지켜도 잘하는 것'이라는 말은 결코 쉽지 않은 과제인 셈이다. 삶의 기본 자세를 잊고 세상을 보고, 사람들을 대한다면 주짓수뿐만 아니라 인생에서도 패배자가 될지 모른다.

오늘도 나는 주짓수를 통해 세상의 기본을 배운다. 꽃받침은 사진 찍을 때만 쓰는 것이 아니라는 '기본'을 말이다.

비교하는 마음을 버리고 나만의 속도로

똑같이 시작했어도 나보다 월등히 잘하는 주짓떼들이 있는데 경민이가 그랬다. 나와 같은 날부터 했는데 한국 무용을 전공했다더니 운동을 해서 그런지 확실히 몸을 잘 썼다. 거기다 몸에 뼈가 없는 것이 아니냐는 소문이 돌 정도로 몸이 유연했다.

"너 지금 팔이 300도로 꺾인 것 같은데 괜찮니?"

기술을 걸고 있는 내가 걱정이 될 정도로 팔이 꺾여 있어도 그녀는 괜찮다며 오히려 더 꺾어 달라며 재촉했다. 이쯤

되면 기술을 거는 내가 더 무서울 지경이다. 강단도 있고 밀고 나가는 힘도 있는 경민이의 실력은 일취월장으로 늘어 갔다. 웬만해서는 결석하는 일도 없었고 수업 후에도 남아서 배운 것을 복습하고 까먹을까 봐 영상까지 찍어 보고 또 보았다. 그런 그녀를 내가 이길 도리는 단언컨대 없었다.

이런 경민이의 모습을 보니 나도 모르게 비교하는 마음이 들었다.

'나도 저녁에 또 나와 볼까.'

'남아서 연습을 더 할까.'

'누구든 가르쳐 달라고 부탁해 볼까.'

하지만 막상 그러려니 마음에 걸리는 일들이 너무도 많았다.

'원고 마감 날짜가 다가오는데.'

'봐야 할 영화와 책들이 많은데.'

'아마 내 체력은 저렇게까지 하면 못 버틸 거야.'

이 모든 이유가 핑계임을 알지만 어느 순간에는 핑계가 인생에 있어 꼭 필요한 덕목처럼 느껴지기도 한다.

뱁새가 황새를 쫓아가면 가랑이가 찢어지고, 티코가 그랜저를 쫓아가면 엔진이 터지는 법. 나보다 잘하는 황새 주짓떼들을 쫓아가려 아등바등하다 보면 분명 나는 가랑이가 찢어지기도 전에 주짓수를 관둬 버릴 것이다. 비교하는 마음 때문에 기를 쓰고 잘하려다 보면 내가 가진 주짓수에 대한 애정 총량이 초반에 몽땅 소진되어 버릴 테니까.

나는 무슨 일이든 자신만의 페이스가 있다고 생각한다. 그것은 남들과 비교해 다소 빠를 수도 있고, 느릴 수도 있다. 괜히 남과 비교하는 마음이 들어 섣불리 따라 하다 보면 페이스를 놓쳐 이도 저도 아니게 된다.

그러고 보면 20대의 나는 남과 비교하는 마음에 많이 휘둘렸던 것 같다. 나보다 공부를 잘하는 친구, 인기 많은 친구, 빨리 성공한 친구. 그들과 비교했을 때 늘 부족했던 나는 자신감이 떨어지고, 괴로웠던 적이 많았다. 그래서 나보다 잘난 친구들의 좋은 일에는 진심으로 기뻐해 주지 못했었다. 앞서고 싶었지만 뒤처져서 늘 아등바등하다가 관둬 버리는 꼴이 스스로도 참으로 못나 보였다.

20대에 비교하는 마음으로 많은 상처를 얻고 30대가 된 지금은 비교하는 마음에 휘둘리지 않으려 부단히 노력 중이다. 남과 비교하는 마음을 절대로 먹지 않는다고 말할 수는 없지만 이제는 안다. 그런 마음이 든다고 해서 실력이나 상황이 더 나아지지도 않으며 앞서간 이들은 나보다 훨씬 더 많은 노력으로 그것들을 얻어 냈음을. 결과만을 좇으려 아등 바등하는 것이 결코 내게 유익하지 않음을 깨달은 것이다.

주짓수를 배울 때도 마찬가지다. 더도 말고 덜도 말고 몸도 마음도 앞서가지 않고 느긋하게 나만의 페이스를 찾으며 주짓수와 친해지고 싶다. 그러다 보면 언젠가는 주짓수가 내 인생의 동반자가 되지 않을까.

대체 언제쯤이면 나는 내가 원하는 만큼 주짓수를 잘하게 될까.

저, 1그랄만 주시면 안 돼요?

태권도에 흰색, 노란색, 검정색 등 실력에 따라 착용하는 띠가 있는 것처럼 주짓수에도 벨트가 있다. 종류는 일반적으로 다섯 가지이다.

'화이트, 블루, 퍼플, 브라운, 블랙.'

블랙을 능가하는 코랄, 레드 벨트가 있다는 소문을 들어 봤지만, 주짓수 초짜인 나는 아직 한 번도 보지 못했다. 코랄 벨트는 블랙 벨트 경력 30년 이상을 주짓수에 공헌해야 획득할 수 있으며, 레드 벨트는 그보다 더 오랜 시간을 주짓수와 함께함은 물론이고 주짓수를 전파하는 데 가장 큰 공헌을 한 그레이시 집안만이 착용할 수 있다고 하니 앞으로도 내가 저 벨트들을 볼 수 있을지는 의문이다.

벨트에는 실력에 따라 그랄이라는 것을 감는다. 그랄 자체는 그리 대단한 것이 아니다. 흰색 테이프에 불과하다. 하지만 의미는 보이는 것처럼 단순하지 않다.

각 벨트에는 최대 4개의 그랄이 감긴다. 화이트 벨트에 4개의 그랄이 감기면 블루 벨트가 되고, 블루 벨트에 4개의 그랄이 감기면 퍼플 벨트가 되는 식이다. 화이트 벨트에서 첫 그랄을 감기까지는 오랜 시간이 걸리지 않지만 갈수록 그랄을 받고, 다음 단계의 벨트로 가기까지 소요되는 시간이 점점 늘어난다. 나름 고수라 할 수 있는 블랙 벨트가 되려면 최소 10년이란 긴 시간 동안 꾸준하고 열심히 주짓수에 매진해야 한다. 그랄이나 유색 벨트는 땀과 노력, 시간의 결과물이다. 단순히 허리에 두르는 벨트에 흰색 테이프라고 치부하기에는 돈 주고도 살 수 없는 값진 보람인 것이다.

주짓수를 시작하고 한 달쯤 지나서였을까, 체육관에서 승급식이 있었다. 당시 내게는 승급식이라는 단어조차 낯설었는데, 모든 체육관 식구들이 한자리에 모여 승급자를 축하하며 서로 친해지는 자리라고 했다. 꼭 승급하는 사람만 참석하는 것도 아니고 심지어 누가 승급을 하는지도 알 수 없었다.

승급식 전에 모든 관원들이 도복을 갖춰 입고 체육관에 도착했다. 일부는 매트 위에서 스파링을 하며 실력을 겨루었고 일부은 벽에 기대 앉아 담소를 나누었다.

친한 사람이 별로 없어 어색할까 걱정했지만 그럴 필요가 없었다. 대부분의 주짓떼들이 서로에게 서슴없이 다가가 운동을 한 지는 얼마나 됐는지, 누가 승급을 할지 등 주짓수에 대한 대화를 나누었다. 아는 사이건 모르는 사이건 서로 스파링을 청했고 함께 운동을 하고 나니 자연스럽게 가까워졌다.

식을 시작하자 블랙 벨트의 채 관장님*이 간단히 인사를 하고 승급자들을 호명했다. 호명된 사람이 앞으로 나가면 채 관장님이 벨트의 쁘레따† 부분에 그랄을 감아 주었다.

승급자가 되어 앞으로 나가 벨트에도 그랄을 감는 사람들을 보며 '내 벨트에도 그랄을 감는 날이 올까' 하는 생각이 들

---

* 동네 체육관 관장님의 탈을 쓴 주짓수 월드 랭킹에 빛나는 블랙 벨트 스타. 선한 미소와 귀여운 말투, 친절한 성품을 지녔지만 대회에 나가면 돌변하는 멋진 상남자.
† 벨트 끝 부분에 검정색 천이 감긴 부분. 승급 시 관장님이 그랄을 감아 주는 곳.

었다. 아직은 아무것도 모르는 신생 주짓떼라인지라 새하얀 벨트에 그랄을 감고, 그 그랄이 모여 유색 벨트가 되고, 그것을 두르고 주짓수를 하게 된다니…… 상상이 되지 않았다. 나와는 상관없는 먼 나라의 이야기처럼 느껴졌다.

그렇게 첫 승급식을 지나고 두 번째 승급식 때였다. 첫 승급식에서는 주짓수가 무엇인지, 승급식, 그랄이 무엇인지 몰라 마냥 낯설고 얼떨떨하기만 했는데 두 번째는 달랐다.

'나도 승급을 할 수 있지 않을까' 하는 기대감마저 들었다. 단 한 개여도 좋으니 벨트에 그랄이 감기기를 바랐다.

이윽고 채 관장님이 승급자들을 하나둘 호명하기 시작했다.

'두근…… 두근…….'

그리고 마침내 내 이름이 불렸다.

'야호!'

달려 나가니 채 관장님이 나의 하얀 벨트에 그랄을 감아 주었다.

생각보다 훨씬 더 기뻤다. 체육관 식구들에게는 왠지 부끄러워 기쁜 티를 많이 내지 못했지만 자리로 돌아오자마자 사진을 찍어 주영이에게 전송했다. 주영이는 승급을 축하해 주면서도 '새 도복은 아직 안 된다'는 말을 잊지 않았다. 그랄을 감는 순간 새 도복을 사야겠다고 생각한 것을 어떻게 알았지? 역시 장과 친구는 오래되고 볼 일이다.

아무튼 나는 그렇게 무無그랄을 벗어나 1그랄을 단 주짓떼라가 되었다.

승급식 후 회식 자리까지 알차게 마치고 집에 돌아와 생각했다. 주짓수 선수가 될 것도 아닌데 왜 그토록 승급을 하고 싶어 했는지. 하나의 취미에 불과한 주짓수를 이토록 좋아하는지. 그것은 아마도 나라는 사람이 목적을 중요하게 생각하는 사람이어서 그런 것 같다. 행위에 대한 결과를 가시적으로 확인하고 싶은데 헬스나 요가는 그러기가 어려웠다. 그래서 끝까지 버티지 못했지도 모르겠다. (엄밀히 말하면 결과를 확인할 수 있을 때까지 해 본 적이 없다)

하지만 주짓수는 결과를 벨트와 그랄로 확인할 수 있었다. 지쳐 갈 때쯤 조금만 더 힘을 내면 1그랄을 받을 수 있다는 생각에 더 열심히 하게 되고, 현재의 벨트 색깔에 질릴 때쯤이면 다음 단계로 업그레이드되어 다른 색깔 벨트를 착용할 수 있다. 그랄을 감고 벨트 색이 달라진다는 사실이 내게 동기 부여가 된 것이다.

'목적 지향적'이라는 성향이 때로 어떤 일을 함에 있어 목적만을 좇느라 과정을 즐기지 못하게 하고, 허무함을 느끼게 도 하기도 하지만 난 그것이 좋다. 목적을 가지고 고군분투 하는 내가 좋다. 어느 지점에 도착해 꽂은 푯말은 그동안 내 가 열심히 살았다는 증거처럼 느껴진다. 그래서 나는 늘 목 표를 가시적으로 세우고 계획도 실천할 수 있을 정도로만 세 운다. 주짓수의 그랄처럼 말이다.

벨트에 감긴 그랄을 볼 때마다 내가 무척이나 자랑스럽다. 그동안 열심히 주짓수를 했다는 증거니까.

그렇다면 나의 다음 목적은……? 그렇다. 바로 2그랄!

'관장님, 이 불쌍한 어린양에게 1그랄만 주시지 않으렵니 까?'

기절할 정도로 버틸 필요가 뭐 있어?

스파링을 할 때 기절은 생각보다 흔하게 일어난다. 초크에 걸렸음에도 지지 않으려 무리해서 버티다 보면 어느 순간 나도 모르게 뿅, 기절하고 만다. 잠시 기절해 있다가 눈을 떠 보면 순간 '내가 기절을 했었나?' 싶다. 눈 깜짝할 새의 일이다.

승부욕이 강한 사람들은 탭을 부끄러워한다. '나보다 주짓수를 늦게 배운 사람한테 질 수 없지', '난 남자니까 여자한테 질 수 없지', '나보다 어린데 설마 지겠어' 하는 마음으로 버티다가 결국 지고 만다.

나보다 늦게 시작한 사람일지라도 능력치에 따라 얼마든지 주짓수를 잘할 수 있고, 연약해 보이는 여자일지라도 기술로 파고들어 승리할 수 있다. 나이는 말할 것도 없고. 과정을 즐기지 못하고 결과에만 집착하는 사람들이 승패에 열을 올린다. 특히 지기 싫어하는 나 같은 사람이 그렇다. 왜 이렇게 지기가 싫은지, 꼭 이겨야만 직성이 풀리는지, 가끔은 이런 내가 나도 한심하게 느껴진다. 항상 이기는 것도 아니면서.

서 관장님은 늘 말씀하신다. 탭을 외치는 것에 익숙해져야 한다고, 탭을 창피하게 느껴서는 안 된다고. 탭은 절대, 절대 부끄러운 일이 아니라고.

모두 맞는 말이다. 지금 내가 항복한다고 해서 늘 항복하기만 하는 것은 아니다. 기술에 걸려 지면 그로 인해 새로운 기술을 익힐 수 있는데 그동안은 왜 꼭 이겨야만 좋은 것이라 여겼을까.

서울로 전학 오기 전, 충남 온양에서도 한참 더 들어가야지만 있는 송악이라는 작은 마을에서 살았다. 그곳에서 나는 꽤나 공부를 잘하는 학생이었는데 서울로 오자마자 단번에 공부를 못하는 학생으로 곤두박질쳤다. 그 사실에 나도 나지만 부모님도 무척이나 놀라셨다. 처음에는 '적응을 하지 못해서 그런 것이겠지', '점점 좋아지겠지' 하셨지만 격차를 줄이기란 쉽지 않았다. 결국, 나도 나의 부진을 쉽게 인정하지 못했고 이도 저도 아닌 상태에 머물며 학창 시절을 보내게 되었다.

지금 생각해 보니 그것은 일종의 방황이었던 것 같다. 뛰어난 아이들 사이에서 항복을 외치지 못하고 버티다가 기절해 버린 꼴이랄까. 그때 항복을 외쳤다면 다시 처음부터 시작해 차근차근 부족한 점을 채워 갔을 텐데.

그때와는 반대로 살면서 가장 많이 항복을 외치며 해 온 일은 바로 시나리오를 쓰는 작업이었다. 영화가 무엇인지 알지도 못하던 내가 덜컥 영화과 대학원에 진학해 시나리오를 쓰기 시작했는데, 그때를 표현하자면…… 뭐랄까, 대단히 무식하고 용감했다. 함께 공부하는 언니, 오빠들은 너무나 똑똑했고, 영화 지식에 해박했으며 무슨 과제가 주어져도 부족함 없이 해냈다. 무식한 내가 너무도 송구할 만큼. 그들처럼 똑똑해지려 가랑이가 찢어질 정도로 열심히 쫓아갔으나 부족한 실력 탓에 자주 항복을 외쳐야 했다. 이번 과제도 항복, 이번 발표도 항복, 이번 시나리오도 항복…… 항복의 연속이었다.

그렇게 항복을 외치다 보니 어느 순간 과제의 의도가 파악되고, 발표 기술이 향상되고, 처음으로 시나리오 완성을 하게 되었다. 무수히 많은 항복의 결과였다.

만약, 실력 없이 승패에만 매달려 무작정 버텼다면 아무것도 이루지 못하고 기절해 버렸을 것이다. 하지만 이번에는 제대로 탭을 외쳤고, 그 덕에 패배에서 오는 쾌감도 깨닫게 되었다.

무슨 일이든 잘하는 사람이 더 잘하는 것은 당연한 일일 것이다. 반대로 못하는 사람이 성장하기란 당연한 일도, 쉬운 일도 아니다. 그래서일까. 사람들은 매번 패배하던 사람의 성장과 성공에 더 많은 격려를 보낸다. 나 역시 동문수학했던 언니, 오빠들에게 그런 격려를 받으며 시나리오를 썼다. 수준을 인정하고, 능력을 연기하지 않고, 있는 그대로의 자기 모습과 숱한 패배를 받아들인 결과 작가가 될 수 있었다. 이번만큼은 기절하지 않고 성장한 것이다.

인생에서 항복은 결코 수치스러운 일이 아니다. 수치라 여기고 버티다가 기절해 버리면 아무것도 얻을 수 없다. 패배를 받아들이고 실패의 원인을 찾아야 다음번에는 승리할 수 있다. 인생에서도, 주짓수에서도.

그런 의미에서 나는 오늘도 체육관에서 탭을 몇 번이나 외쳤는지 모르겠다. 윽, 분해라.

나이가 들수록 노련해지는 운동, 주짓수

문득 깨달았다. 우리 체육관을 다니는 여자 중에서 내가 가장 큰언니라는 것을.(또르르. 왜 눈물이 나려 하지?) 서른넷의 나이에 최고 연장자가 될 줄이야. 영원한 막내일 줄 알았는데 이제는 어디를 가도 막내가 아니다.

대학원생 딱지를 떼지 못한 탓에 어디 가서 직업이 뭐냐는 질문을 받으면 '아직 학생'이라 대답하고는 했다. 그런데 어느 순간부터 그 말이 부끄러워지기 시작했다. 나이가 몇 살인데 아직도 학생인가부터 시작해 학생이라기에는 매일 수업도 듣지 않을 뿐더러 학교조차 나가지 않고 있었다. 학생 딱지를 떼어 볼까 싶어 졸업을 결심하고 학교로 돌아갔지만 그곳에서도 나는 나이가 한참 많은 선배였다. 조교들조차 나를 선생님이라는 호칭으로 불렀다. 이제 어디를 가도 어린 나이는 절대 아닌 것이다.

우리 체육관의 주짓떼라들이 이유 없이 그저 예뻐 보이더라니. 주짓수를 못해도 예쁘고, 잘해도 예쁘고, 애교를 부려도, 머리가 산발이 되어도 다 예뻐 보였다. 솔직히는 20대 초, 중반의 한창 때인 그녀들의 나이가 예뻐 보였다. 그렇게 생각하고 나니 더 슬퍼지는 감이 없지 않아 있지만.

10대 때는 나이가 한 살만 많아도 한참 선배인 것 같고, 20대 때는 30대가 되면 모두 멋진 커리어 우먼이자 어른으로 거듭나는 줄 알았다. 그런데 웬걸. 막상 30대가 되고 보니 별것 없었다. 20대보다는 삶의 경험이 조금 더 많고 나란 사람이 무엇을 좋아하고, 싫어하는지 전보다 약간 더 알게 되었을 뿐이다. 40대, 50대에 비하면 아직도 턱없이 부족하지만 20대보다는 인생의 노련함이 생겼다고 해야 할까. 무튼 그 이상도 이하도 아니었다.

누군가 주짓수에는 노련함이 중요하다고 했다. 그래서일

까. 주짓수도 인생과 비슷한 맥락이 있는 듯하다. 태권도나 격투기 같은 종목은 상대를 타격하는 운동이라 일단은 힘이 중요한데 힘은 젊음과 깊은 연관이 있다. 이런 운동들은 실력과 상관없이 힘의 순리대로 왕좌를 물려줄 수밖에 없다. (나이 들어 힘이 달리는 것도 억울한데 어린애들한테 맞기까지 하면 정말 서러울 것 같다. 흑흑)

반면에 주짓수는 상대적으로 힘보다는 노련함이 더 중요한 운동이다. 힘으로 밀어붙이기보다는 힘의 흐름을 이용하기 때문이다. 공격을 당했을 때 움직임을 이용해 힘의 방향을 바꾸거나 관절의 구조를 이용한 기술로 상대의 힘을 역이용하면서 말이다.

주짓수를 보급하는 데 가장 큰 공을 세운 주짓수 1세대인 엘리오 그레이시Hélio Gracie는 굉장히 왜소하고 약한 신체를 가진 사람이었다고 한다. 그럼에도 자신보다 월등히 크고 강한 상대를 이겼다. 힘으로만 상대를 이기려 했다면 아마 현재의 주짓수는 존재하지 않았을 것이다. 그는 노련하게 힘의 흐름을 이용했고, 그 결과 현재 어떤 무술보다 강한 위치에 주짓수가 자리하게 되었다. 주짓수가 얼마나 강한 무술인지, 비단 힘으로 하는 운동이 아니라는 것을 그가 증명해 보인 것이다.

　고로 우리 체육관에서 나는 가장 나이 많은 큰언니이지만 어린 주짓떼라들에게 결코 밀리는 주짓떼라가 아님을 자부한다. 그녀들이 갖지 못한 경험과 성숙함을 지녔으니 말이다.

(가끔, 아주 가끔 그녀들의 '활기'가 부러운 것만 빼면 남부러울 것이 없다!)

바지를 벗고⑺ 집에 오다

주짓수를 하며 많은 에피소드가 있었지만 한번은 이런 일
도 있었다. 한겨울에 주짓수를 할 때였다. 겨울이라 외투가
두꺼워지니 운동을 마치고도 환복을 하지 않은 채 도복 위에
잠바만 입고 귀가하는 일이 잦아졌다. 잠바가 안의 옷을 모
두 가려 줄 뿐 아니라 체육관이 추워 옷을 갈아입기도 귀찮
았다. 사건이 발생한 그날도 그랬다.

운동을 마치고 도복 위에 잠바를 입은 채로 트레이닝 바
지는 어깨에 얹고 유유히 체육관을 빠져나왔다. 그리고 집에

도착해 도복 가방을 보고는 깜짝 놀라지 않을 수 없었다. 내 바지……! 트레이닝 바지가 사라진 것이다.

분명 가방에는 바지를 넣지 않았고 어깨에 얹어 놓았는데. 혹 체육관에 떨어뜨리고 온 것일까. 아니면 길거리?

급히 체육관에 있을 승헌이에게 전화를 걸어 탈의실에 나의 트레이닝 바지가 있는지 확인해 달라고 했다. 승헌이는 짧고 굵게 대답했다. '없어요, 누나.'

나름 비싼 것이기도 했고 그냥 넘어가자니 여간 찜찜한 것이 아니라 창피함을 무릅쓰고 체육관 단톡방에 메시지를 남겼다.

'저 옷 갈아입기 귀찮아 도복 바지를 입고 왔는데, 집에 오니 제 트레이닝 바지가 없네요. 체육관에 두고 온 것일까요? 들고 나오다 길거리에 떨어뜨린 것일까요? 혹시 체육관에 누구 계시면 굴러다니는 ○상트 검정 트레이닝 바지가 있는지 확인 좀 부탁드려도 될까요? ㅜㅜㅜ 체육관 앞 횡단보도라도……혹시 떨어진 트레이닝 바지가 있는지ㅜㅜㅜ.'

글을 올리고 얼마나 지났을까. 인증샷과 함께 답장이 왔다. 바지는 체육관……이 아닌 체육관 앞 길거리에서 발견되었다고 했다. 우리 체육관의 한 주짓떼로가 바지를 발견하고 체육관에 가져다 준 덕분에 무사히 바지를 찾을 수 있었다. 정말이지 너무너무 기뻤다.

하지만 얻는 것이 있으면 잃는 것도 있는 법. 나는 단번에 우리 체육관 인스타그램에 놀림거리가 되었다.

아무렴 어떠랴. 바지를 찾았으니 그것으로 됐다. 소중한 내 바지.

중요한 것은 힘이 아닌 기술, '힘을 흘려라'

주짓수가 어떤 무술이냐고 물으면 나는 '힘을 흘리는 무술'이라 답한다. 그렇기에 나보다 힘이 세거나 덩치가 큰 사람과도 겨룰 수 있는 것이다. 물론, 덩치가 월등히 크고 힘이 센 사람과 스파링을 해서 이길 수 있다는 보장은 할 수 없다. 어쩌면 질 확률이 훨씬 높을지도 모르고. 분명한 것은 무조건 지지만은 않는다는 것!

스파링 시 가장 피하고 싶은 공격이 있는데 바로 '압박 공격'이다. 비교적 마른 체형에 근력이 약한 나는 덩치 큰 상대가 압박을 해 오면 쉽게 빠져 나오지 못한다. 위에서 아래로 찍어 누르는 힘을 기술로 흘려 버릴 수 없기 때문이다. 반대로 도망칠 공간이 있는 측면 공격이라면 힘을 흘릴 수 있는 기회가 생긴다. 그래서 항상 압박은 피하되 상대방이 힘을 쓰는 방향의 반대를 노려 빠르게 이동하려 애쓴다.

처음 주짓수를 시작했을 때는 힘으로 상대의 공격을 막으려 했다. 절대 힘으로는 상대를 이길 수 없다는 것을 알았지만 일종의 오기였다. 기술이 부족했기에 더 그랬는지도 모르겠다. 그럴 때마다 오 관장님은 말씀하셨다.

"힘으로는 절대 이길 수 없습니다. 멈추지 말고 움직이세요."

관장님의 말씀이 무슨 뜻인지는 금방 이해했지만 받아들이는 것은 쉽지 않았다.

'힘을 쓰지 않고 어떻게 힘을 피할 수 있단 말인가?'

결국, 머리와 몸은 따로 놀았지만 관장님의 조언에 따라 내 신체의 장점인 스피드를 이용해 보기로 했다. 상대가 공격 방향을 자주 바꾸도록 유도하며 역공을 펼치려 무수히 시도했다. 그러다 어느 순간 서서히 스피드로 상대가 쓰는 힘의 방향을 분산시켜 무너뜨리기 시작했다. 힘이 강하면 강할수록 방향을 바꾸는 데도 오랜 시간이 걸렸다.

그러면 나는 상대보다 빠르게 힘의 방향과 반대되는 곳으로 이동했다. 가장 완벽하게 힘을 피하는 방법은 상대의 등 뒤로 가서 백 포지션을 잡는 것이었다. 등에는 눈이 없고 뒤로는 힘을 쓰기 어려워 등 뒤로 빠르게 이동하면 내가 가장 좋아하는 백초크 기술을 걸 수 있었다. 거의 승부의 5할은 먹고 들어간 셈인데, 자신의 힘을 속도에게 내보인 등이 승패를 좌우하게 되는 것이다.

지금껏 나는 똑바로 마주 본 상태에서 정면 승부를 봐야지만 정정당당하다고 생각했다. 상대에게 없는 기술이나 장비를 쓰면 왠지 꼼수를 부리는 것 같았다. 하지만 언제부터인가 질 것을 뻔히 알면서도 정면으로 밀고 나가 승부를 보면 최선을 다했다는 느낌이 들지 않았다. 꼭 이기기 위해서가 아니라 질 때는 지더라도 지지 않기 위한 노력을 한 가지는 해야 하지 않나 싶었다. 그것이 상대방의 힘을 역이용하는 일이든, 약점을 파고드는 일이든.

져도 즐겁고 이겨도 즐거운 주짓수지만 이기려는 노력은 언제든지 필요하다. 그래서 종종 막강한 상대를 만나면 상대의 힘을 흘려 버리고, 기술을 이용한 측면 공격을 감행한다. 이기기 위해 끝까지 뭐라도 해야 하니 말이다.

돌아서면 까먹는 기억력

클로즈 가드란 상대의 다리가 나의 허리를 감싸 발목으로 고리를 만들어 채우는 자세를 말한다. 상대가 다리로 나의 허리를 옥죄어 오면 생각보다 압박이 심해 얼른 빠져나와야지 하는데 막상 당하면 몸과 머리가 따로 논다. 여기서 문제는 몸이 아니라 머리다. 몸은 본능적으로 어떻게 해서든 빠져나오려 발버둥 치는데 머리가 멈춰 서 있다. 도무지 빠져나올 방법이 기억나지 않는다. 정말이지 이놈의 기억력 때문에 죽겠다.

나는 조금 늦게 영화 공부를 시작했다. 처음 대학원에 입학하니 함께 공부하던 사람들은 나보다 일고여덟 살 많은 언니, 오빠들이 대부분이었다. 그러다 보니 수업 중 생소한 광경이 종종 펼쳐지고는 했다. 특히, 영화 제목을 이야기할 때가 압권이었는데 남들이 보면 스무고개라도 하는 줄 알았을 것이다. 과 특성상 이런저런 예시를 들어가며 영화 이야기를 많이 하게 되는데 선배들 상당수가 자신들이 본 영화의 제목을 기억하지 못했다.

"모 감독이 연출한 몇 년도 영화 그거 있잖아."

"모 배우가 젊었을 때 찍은 그 스릴러 제목이 뭐더라?"

"당시 시대상을 꼬집어 아카데미 상 받은 작품 있잖아."

이런 식의 대화들이 오가면 당황스러운 표정을 숨기기가 어려웠다. 그들이 말하는 영화가 무엇인지 전혀 알 수 없기도 했고 영화 제목은 기억하지 못하는데 어떻게 저런 부수적인 것들은 기억하는지 신기했다. 그러다 그들의 나이가 되고 보니 이제 그 마음을 조금은 이해하게 되었다.

요즘 들어 나도 부쩍 영화 제목이 떠오르지 않는다. 누군가와 영화에 대해 이야기하며 나누는 대화를 옮겨 보면 대략 이렇다.

"몸에 문신 새기고 인슐린 주사하는 역구성의 영화있잖아."[*]

"알 파치노랑 로버트 드 니로가 만난 영화 있잖아. 왜 그 경찰이랑 사기꾼인데 둘이 같이 앉아 있는 것만으로도 긴장감이 죽였던 그 영화!"[†]

"습기 찬 마차 유리에 손이 팍! 찍히면서 훑고 가는 영화!"[‡]

감독이나 배우 이름이 떠오르면 정말 운이 좋은 것이고, 대부분은 부수적인 이야기나 특정 장면, 영화를 보고 난 후 받았던 감정들만 떠올랐다.

자꾸 기억력이 나빠지는 데는 스마트폰이 한몫한다니 이제부터라도 검색만 할 것이 아니라 생각하는 습관을 들여야 할까 보다. 아무튼 기억력이 이렇다 보니 주짓수 기술 하나를 완전히 익히는 데도 상당히 오랜 시간이 걸렸다.

내가 되도록이면 걸리지 않으려 하는 기술이 두 가지 있는데 바로 클로즈 가드와 사이드 포지션이다. 상대가 사이드 포지션에서 나를 압박해 오면 거의 아무것도 하지 못하고 그

---

* 〈메멘토〉

† 〈히트〉

‡ 〈타이타닉〉

채로 깔려서 시간만 보내게 된다. 기술도 문제지만 근력이 부족한 탓도 있다.

클로즈 가드의 경우 도무지 빠져나오는 방법이 기억나지 않는다. 자꾸 기억이 안 난다 생각하니 더 기억이 안 나는 것 같기도 하고 원래 알지 못하는 정보처럼 느껴진다. 나중에는 내가 알고 있는 것이 진짜인지 허상인지 헷갈리기도 하고 뭐 그렇다.

'분명 클로즈 가드에서 빠져나오려면 한 손으로는 상대의 골반을 잡고 다른 한 손으로는 상대의 무릎을 밀며 풀라고 했는데…… 나는 왜 안 되지? 방향이 이쪽이 아닌가?'

심지어 클로즈 가드에서 나오는 방법은 수업 후 오 관장님께 열 번은 더 물어보고 따로 수업도 받았는데. 그런데도 다시 클로즈 가드에 걸리면 리셋!

오 관장님은 배우고 까먹더라도 자꾸 하다 보면 언젠가는 몸에 익어 할 수 있을 것이라 응원해 주셨다. 나 역시 그런 기대를 가지고 열심히 노력하고 있다.

그렇다면 요즘은 어떠냐고? '노력은 배신하지 않는다'는 말에 예외가 있음을 절감하고 있다. 아직도 나는 클로즈 가드에만 걸리면 머리가 새하얘진다. 이래서 배움에는 다 때가

있다고 하나 보다. 하아, 도대체 기억력……너란 놈을 어쩌면

좋단 말이냐.

백초크, 비스트초크, 에제키엘초크, 초크, 초크, 초크!

백초크는 상대의 뒤로 가 양팔로 목을 공격하고, 두 다리로 상대의 다리를 옭아매 제압하는 기술이다.

비스트초크[*]는 상대에게 암 바[†]를 걸다 실패할 경우 변용

---

[*] 비스트라는 별명을 가진 이종 격투기 김장용 선수가 PXC 대회에서 챔피언이 되었을 때 두 다리로 목을 압박하는 초크로 이겼는데 그 후 그 기술의 이름이 비스트초크가 되었다는 설이 있다.

[†] 레슬링에서 상대편의 팔을 잡고 팔꿈치를 꺾어 둥글게 감싸 누르는 기술을 말한다. 바 암이라고도 한다.

하는 기술로 두 다리 사이에 상대의 목을 걸어 조이는 기술
이다.

에제키엘초크는 한 손으로 상대방의 목을 감은 뒤 그 손으
로 나의 소매를 잡고 다른 한 손을 돌려 목을 압박하는 기술
이다.

초크의 기술은 이처럼 매우 무궁무진하다. 공통점은 어떻
게 해서든 상대의 숨통을 조여 제압한다는 것이다.

나는 초크 기술을 매우 좋아한다. 강하고 정확하기 때문이
다. 상대를 제압하기 위한 자세를 잡는 것이 생각보다 어렵
지만, 제대로 된 포지션만 선점하면 승패는 매우 빠르게 결
정된다. 좋아하는 기술이 생기고 그것이 나의 주특기로 발전
하는 것은 매우 기쁜 일이다. 이때, 사람들이 나의 기술을 두
려워해 주면 그 기쁨은 배가 된다.

종종 사람들이 '어떻게 작가가 되었느냐'고 묻는다. 나는
지금껏 단 한 번도 글을 써서 먹고 살 것이라 생각하지 못했
다. 어린 시절 특별히 책을 좋아하지도 않았고 영화를 즐겨
보는 '씨네 키즈'도 아니었다. 그저 우연한 기회에 영화과에
진학하였고 학과의 커리큘럼상 시나리오를 쓸 수밖에 없었
다. 시나리오를 쓰는 일은 생각보다 적성에 매우 잘 맞았다.

무형의 생각을 유형으로 만드는 일에 묘한 쾌함이 일었고 그때부터 글을 쓰기 시작했다. 글쓰기에 천부적인 재능이 있었다면 금상첨화였겠으나 그와는 거리가 멀었고 대신 나름의 노력을 많이 했던 것 같다.

글에 대해 어렴풋이 알게 되었을 무렵부터 닥치는 대로 일을 시작했다. 돈이 된다면 무엇이든 썼고 돈이 되지 않더라도 나를 믿어 주는 사람이 있다면 무작정 일을 받았다. 몸소 부딪쳐 가며 글을 배웠다. 처음에는 영화 2시간의 호흡을 배웠고 그다음에는 영화의 구조를 익혔고 캐릭터를 다듬었다. 시나리오의 깊이를 만들기 위해서는 인문학적 소양이 필요했으며 철학과 심리학에 대한 견해가 필요했다. 조금만 더 알면 점점 쉬워질 것이라 생각했던 글은 알면 알수록 자신을 돌아보게 했고 부족함을 깨닫게 했다.

그렇게 10년이 지났다. 아직도 나는 글을 써서 타인에게 보여 주는 것이 부끄럽다. 앞으로 진짜 작가가 될 수 있을지에 대한 의구심 또한 크다. 하지만 누가 나에게 다른 직업을 고려해 볼 생각이 없느냐고 물어보면 불가능하다고 답할 것 같다. 완전하지는 않지만 이제 막 작가의 길을 걷기 시작했고 그것은 내가 가진 기술이 되어 가고 있기 때문이다.

주짓수도 마찬가지다. 천부적인 재능도 없고 기술이 무엇인지 잘 알지도 못했지만 일단 무작정 스파링을 했다. 패배는 당연한 결과였다. 그럼에도 두려워하지 않고 계속해서 이어 나갔다. 그러다 보니 어느덧 1년 남짓의 시간이 흘렀다.

주짓수를 하면서도 글을 처음 쓸 때처럼 느낀 바가 적지 않는데, 주짓수와 글에는 묘한 공통점이 있었다. 배우면 배울수록 자신을 돌아보게 했고 부족함을 깨닫게 했다. 스피드를 배우면 감각이 필요했고 신체 구조를 익히면 그에 맞는 기술이 필요했다. 하면서도 내가 잘하고 있는 것인지 의구심이 들었고, 앞으로 계속하다 보면 점점 더 발전하는 나와 대면하게 될까 하는 의문이 생겼다.

만약 주짓수를 그만두고 다른 운동을 찾아보라고 제안한다면 단호히 싫다고 답할 것이다. 아직도 갈 길이 멀고 많이 부족하지만 하나씩 기술들을 익혀 가면서 나의 것으로 만드는 과정이 재미있다. 불완전하지만 주짓떼라의 길을 걷기 시작한 것이다.

이 길의 친구가 바로 백초크, 비스트초크, 에제키엘초크다. 모두 내가 매우 좋아하는 친구들이다. 이 기술들이 온전히 내 것이 되고 사람들이 나의 성장에 감탄해 준다면 멈추지 않고 계속 이어나갈 수 있을 듯하다.

　우연한 기회에 시작한 글쓰기가 직업이 되고 호기심에 시작한 주짓수가 좋은 친구가 된 것처럼 우리의 인생은 어디로 튈지 모르는 얌체 공 같다. 두려워할 필요는 없다. 어디로 튀어 나가든 상관없을 테니. 방향이 잘못되었다면 다시 제자리로 돌아오면 되고, 우연히 들른 길에 흥미를 느꼈다면 그냥 그 길로 쭉 걸으면 된다. 그럼 그 길이 나의 길이 될 것이다.

주짓수가 안전한 운동이라고?

"의사가 나를 돌봐 주는 시간은 길어야 1시간입니다. 그러니 남은 23시간은 스스로 자신의 몸을 돌봐야 합니다."

서 관장님이 운동 중 부상자가 생겼을 때 늘 하는 말이다. 그 말을 듣고 주짓수를 했던 지난 시간 동안 다친 곳을 되뇌어 본다.

'다리 멍, 손목 인대, 발목 인대, 손가락 관절염, 허리 부상, 팔꿈치 쏠림, 무릎 타박상.'

헉, 주짓수를 너무 격하게 하는 것이 아니냐고? 나는 전혀 그렇지 않다고 생각했는데 다른 주짓떼들의 증언을 들어 보니 맞단다. 무척이나 격정적으로 스파링을 한다고 했다. 그럼에도 아직 뼈가 부러진 적은 없었으니 다행이라고 해야 하나.

주짓수는 목을 조르거나 뼈를 부러뜨려 상대방을 제압하는 무술이지만, 취미로 하는 운동에서는 그렇게까지 할 일이 없다. 스포츠로 즐기기에 목이 심하게 졸리기 전에, 뼈가 부러지기 전에 기술을 멈춘다.

그렇다고 목이 심하게 졸리지 않으며 뼈가 부러질 일은 절대 없다는 말은 차마 하지 못하겠다. 방심하는 순간 내게도 그런 일이 생길지 모르니까.

이렇게 위험한 운동을 나는 왜 자꾸 하는 것일까. 생각해 보면 세상에 위험하지 않은 운동은 없다. 나의 오빠는 태권도를 하다 코뼈가 두 번이나 부러졌고 종국에는 팔이 부러지는 바람에 태권도를 그만두게 되었다. 나의 오랜 친구는 헬스를 하다 디스크가 터졌고, 다른 친구는 축구를 하다 다리가 부러지기도 했다. 달리기를 하다 다리를 접질려 인대가 늘어나고, 농구를 하다가 살이 찢어지는 일은 주변에서 흔하다.

그런 관점에서 본다면 주짓수는 굉장히 위험하면서도 안전한 운동이다. 위험이 도사리고 있어 허용된 지점이 어디까지인가를 항상 생각하게 된다. 위험하기에 늘 긴장하고 경각심을 가지면 운동 중에라도 비교적 다칠 염려가 적다.

특히, 대회 경험이 많은 채 관장님은 수업 중에 주짓떼들이 위험한 동작을 시도하려 하면 빠르게 'Stop'을 외친다. 암 바는 천천히, 상대방을 내려놓을 때는 살살, 다리가 부러질 수 있는 각도는 피하라며 늘 잔소리를 하신다. 그런 잔소리를 자꾸 듣다 보면 나도 모르게 조심하게 된다. 암 바를 천천히 걸게 되고, 상대를 내려놓을 때는 살살 내려놓으며 다리가 부러질 수 있는 자세는 피하게 된다. 잔소리의 효과다. 주짓수가 위험한 운동이라는 인지는 이 운동을 더욱 오래, 즐겁게 즐길 수 있도록 도와준다.

안전한 울타리 안에서 안전하게만 사는 것은 어쩐지 재미가 없다. 많은 사람들이 금기에 호기심을 갖고, 새로움에 집착하는 것과 비슷한 심리이다. 모든 사람들이 안전만을 추구한다면 세상은 아주 평화로울 테지만, 그로 인한 새로운 발견이나 발전은 없지 않을까. 높은 위험이 때로는 높은 수익을 가져다주는 것처럼 세상에는 위험을 동반한 즐거움도 있다. 주짓수가 바로 그렇다. 높은 위험 속에서 즐기는 새로운 경험이다.

주짓수가 결코 안전한 운동은 아니지만 나는 그 불안전 속에서 매번 안전을 배운다.

실력을 뛰어넘는 비법

어린 시절 착한 일을 하면 포도알 스티커를 받았다. 포도 모양이 그려진 종이에 보라색 스티커를 다 채우고 나면 선물 도 주어졌다. 포도알을 빨리 채우기 위해 착한 일을 만들어 서까지 하고는 했는데 그렇게 해서라도 판을 포도알로 빨리 다 채우고 싶었다.

우리 체육관에도 그와 유사한 스티커 출석부가 있는데 방 법은 포도알 스티커를 채우는 것과 비슷하다. 출석하면 관장 님이 출석부에 체육관 로고가 인쇄된 스티커를 붙여 주신다.

다 채운다고 해서 대단한 보상이 이루어지는 것은 아니지만 보고 있으면 왠지 가득 채우고 싶어진다. 나보다 더 열심히 출석한 주짓떼의 출석부를 보면 괜히 질투가 난다. 어른들끼리 유치한 것 같지만 포도알의 효과는 실로 엄청나다. (관장님 또한 사람들의 이러한 심리를 노리신 거겠지)

내가 주짓수를 시작하게 된 이유는 체육관이 집과 매우 가까워서였다. 횡단보도만 건너면 되는 1분 거리가 운동을 시작하는 데 있어 아주 큰 이점이었다. 작업을 하다가 글이 잘 나오지 않으면 주짓수 한 판, 몸이 좀 찌뿌둥하다 싶으면 스파링 한 판, 심심하면 체육관의 주짓떼들과 커피 타임까지. 처음으로 동네 친구가 생긴 기분이었다.

하지만 얼마 되지 않아 큰 변수가 생겼다. 다른 동네로 이사를 가게 된 것이다. 이사를 갔어도 다니지 못할 정도로 먼 거리는 아니었지만 1분 거리와 30분 거리는 확연히 차이가 났다. 그러다 보니 체육관에 가는 날도 자연스레 줄어들었다. 작업이 잘 되지 않아서, 몸이 찌뿌둥해서, 심심해서 무작정 체육관으로 달려가기에는 이제 너무 멀어져 버린 것이다.

나의 주짓수 열정에 친구들은 집 근처의 체육관으로 옮겨 다니라는 조언을 하기도 했다. 최근 주짓수 열풍으로 체육관이 많이 생기기도 했고 집 가까운 데로 옮겨 다녀도 큰 문제는 없었지만, 왠지 의리 없는 행동처럼 느껴져 내키지 않았다. 시작을 함께한 체육관이기에 끝까지 이곳에서 배우고 싶었다.

멀어진 거리도 거리지만 결석에 가장 큰 이유는 동절기의 추워진 날씨 탓도 있었다. 얇은 도복에 (같은 도복이지만 여름에는 두껍게 느껴진다) 맨발로 매트 위에 서면 그렇게 발이 시릴 수가 없다. 1시간 운동 가지고는 쉽게 땀도 나지 않아 전과는 다르게 운동한 기분도 들지 않았다.

이런저런 이유로 주 4회 가던 운동의 횟수가 주 3회, 1회 …… 가끔은 일주일을 통으로 결석하기도 했다. 나의 알알이 귀여운 스티커 출석부가 휑하게 비어 있는 것을 보면 내일도 꼭 운동을 나오리라 다짐하지만 현실은 또 결석이다. 자꾸만 결석을 하니 실력이 늘 리 만무했다. 애써 만들어 놓은 근육이 일주일 새 쪼그라드는 것처럼 느껴졌고 유연성은 다 어디가고 몸이 다시 굳어졌다. 그렇게 게으름을 부린 뒤 하는 스파링의 결과 역시 패敗, 패, 패의 행진.

게으름을 피우기 시작한 뒤로는 그마저 할 수 있던 기술도 너무나 버거웠고, 기술에 걸리기라도 하면 어떻게 빠져나가야 할지 머리가 멍했다. 몸으로 익혀 자연스럽게 할 수 있었던 움직임들이 낯설어지고 머리로 생각하려니 오류가 났다. 여자 최고령임에도 불구하고 나름 촉망받는 주짓떼라였던 내가 쭈구리로 변모해 버린 것이다. 슬프게도.

"체육관은 매일 나오는 것이 중요하다."

이 말은 체육관에서 첫 번째 승급식이 있던 날 채 관장님이 하신 말씀이다. 자신은 습관적으로 체육관에 나왔다며 컨디션이 좋아도 나오고, 나빠도 나오고, 심지어 아파도 체육관에 나와 아팠다고 했다. 그렇게 꾸준히 운동을 하다 보면 언젠가 실력이 늘어 있을 거라고 덧붙였다. 월드 챔피언 채 관장님의 주짓수 비결이 바로 '출석부 스티커'였다는 사실이 밝혀진 순간이다.

꾸준함, 당연한 듯하면서도 실천은 참으로 쉽지 않은 것 같다. 꾸준함을 이길 수 있는 노하우는 세상에 없는 듯하다. 그를 보며 나는 꾸준함으로 다시 촉망받는 주짓떼라가 되겠다고, 알알이 귀여운 스티커 출석부를 다시 꽉꽉 채워야겠다고 다짐했다.

누군가 우리의 귀여운 출석부를 본다면 나이 들어 유치한 짓을 하고 있다며 비웃을지도 모른다. 그럼 나는 이렇게 말해 주고 싶다.

"그런 사람이 진짜 무서운 사람이에요! 출석부 스티커가 가득 붙어 있는 사람을 만나면 특히 조심하세요!"

어쩌면 만두귀*를 가진 자보다도 더 무서운 사람이 그런 사람일지 모른다. 꾸준함은 천부적인 재능을 이기는 유일한 무기니까. 멀어졌다는 핑계, 춥다는 변명을 이제 그만 거두고 다시 열심히 주짓수 체육관에 나가야겠다. 출석 스티커 받아야 하니까 말이다.

---

* 이종 격투기, 유도, 레슬링 선수들의 귀에 잦은 충격이 가해지며 변화된 모습을 일컫는 말.

ROUND 2

YOU CAN, WE CAN 주짓수

사회적 조건 따위는 필요 없어

도복을 입고 하는 운동은 주짓수가 처음이라 그런지 가끔은 도복을 입은 내 모습이 낯설다. 그러고 보면 도복을 입고 하는 운동은 모두 함께하는 운동인 것 같다. 태권도, 검도, 유도 등. 상대가 있어야 실력도 겨루고, 승부를 가릴 수 있다. 함께하는 운동 대부분은 승자와 패자로 나뉜다. 어쩌면 도복을 입는다는 것은 단순히 옷만 맞춰 입는 것이 아니라 상대에게 예를 갖추고 마음가짐을 정돈하는 하나의 과정이 아닐까 싶다.

도복을 갈아입기 위해 탈의실에 들어가면 왠지 기분이 묘하다. 사회의 옷을 벗고 도복으로 갈아입는 순간 내가 몇 살인지, 직업은 무엇인지, 가난한지 부자인지는 중요하지 않아진다. 나는 그저 주짓수를 시작한 지 얼마 되지 않은 화이트 벨트의 주짓떼라일 뿐이다.

도복을 갖춰 입은 주짓떼들의 대화란 주로 이런 것들이다.

'기술을 어떻게 써야 잘 쓸 수 있어요?'

'얼마 전에 있었던 시합은 어땠어요?'

'어떻게 하면 벨트를 좀 더 예쁘게 맬 수 있어요?'

그 외 체육관을 벗어나 자신이 살고 있는 세상에 대한 화제는 주짓수를 이야기하기 위한 양념일 뿐이다.

체육관에서는 사람을 보는 기준도 달라진다. 바깥에서는 사람을 볼 때 다양한 요인들을 고려하게 되지만 체육관에서는 그 기준도 심플해진다. 나의 경우 스파링에 임하는 태도를 두고 상대를 평가한다. 매트 위에서 얼마나 예의바른지, 승리했을 때나 패배했을 때의 태도는 어떠한지 등을 주로 살핀다. 승자로서 자만하는 구석은 없는지, 패배했을 때 자신의 패배를 쿨하게 인정하는지 등을 보면 몇 마디 나눠 보지 않았어도 상대가 어떤 사람인지 대략 알 수 있다. 체육관에서의 인간관계는 사회적 조건은 모두 내려놓은 채 사람 자체만을 두고 이루어진다.

한 번은 체육관 앞에서 한 주짓떼로를 만난 적이 있다. 회의를 하러 가는 중이었던 나는 사회의 옷을 입고 있었는데, 나를 몰라보고 그냥 지나치려는 그를 붙잡아 먼저 인사를 건넸다. 그는 잠시 머뭇하더니 이내 알아보고는 도복 입은 모습만 보다 사복 입은 모습을 보니 몰라보겠다며 웃었다. 사회의 옷을 입은 내가 그의 눈에 어색하게 비춰졌던 모양이다. 그도 나를 오직 주짓떼로라로만 생각했던 것이다.

흔히 인간을 두고 사회적 동물이라 하는데, 그런 인간을 가장 많이 괴롭히는 것 역시 사회적 동물인 사람인 것 같다. 사회적 동물이 되어 사회적 동물들과 어울리려면 신경 쓰고 고민해야 할 것들이 너무도 많다. 그 속에서 뒤처지지 않으려면, 튀지 않으려면 끊임없이 노력해야 한다. 평범하기가 가장 어렵다는 것을 몸소 깨닫게 된다. 그렇다고 스트레스를 주는 이 사회와 연을 끊을 수도 없는데.

하지만 주짓수 사회는 지금껏 내가 보고 느끼고 경험한 세상과 달랐다. 내가 가진 조건들이 무엇인지 알려고 하지도 않았고, 관심조차 없었다. 그들은 그저 '주짓수를 하는 나'라는 존재에만 관심을 두었다. 오직 '나'라는 존재만을 두고 친해진 이 사람들은 나로 하여금 삶을 바라보는 생각, 관념, 조건들을 다 내려놓게, 자유롭게 하였다. 나라는 존재만으로도 충분하다고 말 없는 위로를 건네는 것 같았다. (이로써 내가 주짓수를 좋아할 수밖에 없는 이유를 하나 더 갖게 되었다)

그런 점에서 도복을 입고 하는 주짓수는 참으로 매력적인 운동이다. 나이가 들수록 개인의 삶보다는 사회적 지위가 더 큰 비중을 차지하게 될 때, 도복은 각자의 사회적 조건들을 잠시 내려놓고 오로지 자신에게만 집중하도록 도와준다. 그 덕에 오늘도 나는 주짓수로 인해 좀 더 나다워진다.

목표는 하나! 목표는 하나!

　나는 굉장히 목표 지향적인 인간이다. 도착해야 할 곳이 어디인지, 목표가 이루어졌는지 이루어지지 않았는지, 골인 지점에 '마침표'를 찍었는지가 매우 중요한. 어쩌면 이러한 목표 의식이 현재의 나를 만들었는지도 모르겠다.

　매 순간 치열하게 싸우는 내가 대견하다가도 때로는 왜 이렇게 힘들게 사는지 한심하기도 하다. 그렇다면 이토록 목표 지향적인 내가 현재 무엇을 목표로 주짓수를 하고 있을까.

　'빨리 블루 벨트가 되는 것?'

'아니면 대회에 나가 메달을 따는 것?'

'그도 아니면 나를 괴롭히는 사람들에게 초크와 암 바로 복수하는 것?'

셋 다 아니다. 현재 나의 목표는 우리 체육관의 블루 벨트 주짓떼로 현로 오빠에게 딱 한 번이어도 좋으니 제대로 기술을 걸어 보는 것이다. 현로 오빠는 키도 크고 힘도 세며 실력도 나보다 월등히 뛰어나다. 그런 그가 잽싸기까지 해 어느 방향으로 공격해도 늘 요리조리 피해 나간다. 위에서 덮치면 몸을 말아 뒤로 굴러가고, 옆으로 치고 들어가면 어느 순간 내 위에 올라와 있다.

매일매일 그에게 탭을 외치며 난 그의 공격 패턴을 익힌다. 그가 니온밸리*를 한다는 것은 곧 사이드로 넘어와 내게 암 바를 걸려 한다는 것이고, 백을 잡았다는 것은 곧 나의 다리를 잡고 허리를 꺾으려 한다는 것을 말이다. 그렇게 수십 번을 당했지만 난 아직 한 번도 그에게 제대로 된 기술을 걸어 보지 못했다. 노력을 하면 성과가 나야 하는데 왜 안 되느

---

* 무릎이 배 위에 있다는 뜻으로 상대를 공격하기 위한 포지션의 일종이다.

냐고? 이유는 간단하다. 내 실력이 느는 동안 그 또한 실력이 느니까. 간신히 그의 기술을 무마할 수 있는 방어법을 익히면 그는 새로운 기술로 나를 공격한다. 그럼 다시 그 기술을 무마할 수 있는 방어법을 익히면 그 사이 또 새로운 기술을 익힌다. 기술과 방어라는 뫼비우스의 띠에서 영원히 벗어나지 못하는 것이다.

하지만 아이러니하게도 이렇게 맨날 지고 목표를 이루지 못하는데도 마냥 즐겁다. 목표 지향적인 내가 이런 생각을 하다니, 스스로에게도 놀랍고 굉장히 신선한 경험이다. 그의 기술에 걸려 탭을 칠 때면 '윽, 분하다!'라고 외쳤지만 사실 그렇게 분하지 않았다. 이 분함 속에서 배우는 것이 훨씬 많음을 어느 순간 알게 되었기 때문이다. 그러자 마음이 한결 여유롭고 편안해졌다. 그가 니온밸리를 하면 잽싸게 양팔을 움켜잡고 암 바에 걸리지 않도록 나를 보호했다. 그가 내 뒤에서 백을 잡으면 다리를 빼앗기지 않기 위해 위로 기어 올라갔다.

그럴 때마다 그는 실력이 늘었음을 칭찬하며 새로운 공격을 펼쳤다. 스파링을 마치고 나면 자신이 썼던 기술도 친절히 알려 주었다. 다음에 또 그런 기술에 걸리면 어떻게 해야 쉽게 빠져나올 수 있는지, 다른 사람과 스파링을 할 때 사용하라며 여러 기술들을 가르쳐 주었다. 이런 과외를 받고 나면 다른 주짓떼들은 모르는 비법을 알게 된 것만 같고, 다음 스파링 상대가 누구든 그 기술로 제압할 수 있을 것 같은 자신감이 생겼다.

시간이 꽤 지난 어느 날에는 체육관의 관장님들이 주짓수 실력이 많이 늘었다며 칭찬을 해 주시기도 했다. 매일 당하기만 하던 내가 상대의 기술을 웬만큼 잘 피하게 된 것은 물론이고 다양한 기술까지 시도하게 된 것이다. 수십 번 구르고 깨지며 얻은 나름의 성과였다.

나의 목표는 아직 그대로, 현로 오빠에게 제대로 기술을 걸어 보는 것이지만 그것을 꼭 이룰 생각은 없다. 목표를 달성하는 대신 더 많은 것을 배우고 익혀 성장하게 된다면 그것이 더 큰 성취일 테니.

목표를 이루고 나면 다 이루었으니 거만해지고, 이제 다음 단계로 나아갈 수 있다고 자만하게 될지도 모른다. 살면서 우리가 경계해야 하는 순간 중 하나가 바로 이런 순간이 아닐까 싶다. 목표보다 과정에서 더 많은 것을 배우고 익힐 수 있음을, 그것이 목표를 이루는 것보다 더 즐거운 일임을 일찌감치 알았더라면 지금보다 훨씬 행복한 내가 되지 않았을까. 목표를 좇느라 현재를 즐기지 못한 아쉬움이 크게 다가왔다.

지금 내가 주짓수를 하는 이유는 단순히 이기기 위해서도, 어떠한 목표를 달성하기 위해서도 아니다. 그저 행복하기 위해서이다. 우리 인생의 목표가 행복인 것처럼 말이다.

프리랜서의 삶_좋아하는 것과
해야만 하는 것 그 사이에서

한정된 시간을 활용하는 우리는 늘 기회의 비용 속에서 살아간다. 요즘 내가 가장 많이 고민하는 것 중 하나는 바로 '일을 해야 하나?', '운동을 해야 하나?'이다.

프리랜서인 나는 특히 시간 관리가 중요한데, 잘 조절해서 쓰기만 하면 남들보다 자유롭게 시간 활용이 가능하다. 그래서일까. 종종 사람들이 한량으로 착각하기도 한다. 단점이 있다면 '밤낮의 구분 없이 일한다는 것', '주말, 평일의 구분이 없다는 것' 정도랄까. 미팅은 남들이 일하는 시간에 맞춰 하고 작업은 남들이 쉴 때도 해야 한다는 것이 프리랜서의 비애라면 비애다. 현재 나는 주 52시간 근무라던가 워라밸과는 거리가 먼 삶을 살고 있다.

사실, 이런 것들은 큰 문제가 아니다. 진짜 문제는 나의 성격이다. 내게는 강박증과 조급증이 있다. 강박적으로 스케줄링을 하고 나서 그것을 지키지 못할까 봐 늘 조급해 한다. 글쓰기가 타이핑 속도를 측정하는 것이 아님에도 정해진 시간 안에 일을 끝내지 못하면 무능한 사람이 되는 것 같아 불안해진다. 잘 때도 노트북을 안고 자고, 일어나자마자 노트북부터 확인하기도 한다.

요즘은 이런 불안 때문에 운동에 가고 싶어도 갈 수가 없다. 일을 마치지 못한 주제에 가서 운동을 할 자격이 있느냐는 질문에 나는 늘 '일'을 택한다. 불안한 마음으로 운동에 집중하지 못하니 차라리 포기하고 일을 하겠다는 것이다.

막상 그런 결심을 하고 운동 대신 꼬박 일을 한 뒤 새벽에 자려 누우면 그날 가지 못한 운동이 떠올라 무척 억울해진다. 미리미리 일을 끝마치지 못한 나에 대한 원망, 운동에 다녀왔어도 일을 마칠 수 있었을 거라는 후회가 밀려온다.

이런 갈등과 고민의 순간을 단번에 해결해 주는 약이 있었으니 바로 '결정'이다. 체육관에 한 번이라도 더 나가야 원고 아이템이 떠오를 테지만, 당장 끝내야 할 원고 마감을 내던질 수 없으니 과감히 포기하고 일에 집중한다. 어느 한 가지도 집중하지 못한 채 두 마리, 세 마리 토끼를 잡고자 이리 뛰고 저기 뛰다 보면 지치고 질려 버린다. 아무것도 하지 못한 채 시간 낭비만 하게 된다.

나의 경우 결정하고 나면 체육관에 대한 생각은 과감히 접고 일에만 집중한다. 그러면 능률도 전보다 훨씬 좋아진다. 꼭 가야 한다는 혼자만의 압박 속에서 괴로워하다가 마음의 짐을 내려놓은 듯하다. 주짓수를 가지 않았다는 죄책감을 덜어 내고 마감 기한에 맞춰 무사히 원고를 보내면 다시 편안한 마음으로 체육관에 나갈 수 있었다.

오랜만에 만난 사람들은 왜 이렇게 오랜만에 나왔느냐며 반갑게 맞아 주었다. 그러면서 내가 나오지 않은 사이 무슨 일이 있었는지, 누구의 실력이 월등히 좋아졌는지, 새로 온 에이스의 실력이 얼마나 좋은지 등을 알려주었다. 나 역시 그동안 꾹 참았던 주짓수에 대한 그리움으로 더 열심히, 충실히, 격정적으로 운동에 임했다.

인생은 이처럼 순간순간의 선택이 모여 완성되는 퍼즐과 닮아 있다. 매 시간, 매 순간 각자의 판단에 따른 선택으로 자신의 인생을 설계한다. 만약, 운명이라는 것이 존재해 우리가 닿아야 할 곳이 미리 정해져 있다면 각자의 선택으로 많은 것들을 변화시킬 수 있지 않을까.

현재 선택의 여지없이 의무적인 순간만을 보내야 한다면 그 순간 가장 마음 편한 선택이 우리가 할 수 있는 최선이 아닐까 싶다. 하고 싶은 것과 해야 하는 것 사이에서 갈등하며 마음 졸이지 말고, 두 마리 토끼를 다 잡기 위해 두 마음을 가졌다가 모두 놓치지 말고, 죄책감과 불안함, 강박증은 잠시 내려놓은 채 말이다.

최대한 편안한 마음으로 생각을 달리한다면 앞날은 어찌 될지 모르겠으나 적어도 스트레스로 인한 탈모는 오지 않을 것이다. 누가 들으면 자기 합리화 혹은 비겁한 정신 승리라 할지 모르나 나는 이런 과감한 포기 덕분에 주짓수를 즐겨야 할 때 온전히, 충분히 더 잘 즐기게 되었다. 정말이다.

세계 최고의 실전 무술, 주짓수!

걸보기에 깡마르고 근력이 부족한 내가 주짓수를 한다고 하면 다들 놀랍다는 반응을 보인다. '설마……' 하는 표정이다. 평소 주짓수에 대해 궁금했던 것을 물어보기도 하는데 질문은 주로 정해져 있다.

"깡마른 체격으로도 남자와 스파링을 할 수 있어?"

"정말 실전에서 호신술로 쓸 수 있어?"

그럼 나는 이렇게 답한다. 주짓수는 힘의 흐름을 이용해 상대를 공격하는 무술이기에 깡마른 체격의 사람도 충분히 잘할 수 있으며, 성별이 달라도 스파링을 하고, 실제 호신술로도 사용이 가능하다고 말이다.

주짓수는 실전에서 활용도가 굉장히 높은 무술인데 그 이유를 알기 위해서는 주짓수의 역사부터 살펴야 한다.

세계 최고의 실전 무술이라 불리는 브라질 유술 주짓수의 기원을 두고 다양한 설이 있는데 그중에서도 일본의 유도에서 시작되었다는 설이 가장 유력하다. 현재 우리가 알고 있는 유도를 정착시킨 가노 지고로의 제자였던 마에다 미츠요는 세계를 떠돌며 다른 무술과 결투를 하며 일종의 '도장 깨기'를 했다. 하지만 이것은 스승의 허락 없이 이루어진 일. 하여 마에다는 유도 대신 유술이라는 이름을 사용하였고 이후 1914년 브라질에 정착해 유술을 지속하며 각종 무도인들과 대결을 이어 갔다.

이런 마에다를 도운 것이 바로 브라질의 그레이시 가문이었다. 마에다는 자신을 도와준 그레이시 가문에 감사의 의미로 유술을 전파했고, 유술은 영문 표기인 주짓수Jiu-jitsu라는 이름으로 정착하게 되었다. 그 결과, 주짓수는 브라질의 거친 분위기 속에서 다른 무술과 대결을 벌이며 실전적인 무술로 발전해 갔다.

유도, 태권도 등의 무술 역시 실제 결투에서 활용된다면 굉장히 강력한 공격술일 것이다. 하지만 현재 실전 무술보다는 스포츠로 자리매김하였고, 상대에게 심한 부상을 입힐 수 있는 공격보다는 일정한 규칙 아래 이루어지는 시합의 형태로 변모하였다.

반면에 유도를 기반으로 하는 주짓수는 화려한 메치기 기술을 버리고 조르기, 누르기, 관절꺾기, 타격 등의 기술을 도입하여 실전에서 관절이 삐거나 질식 상황을 만들어 상대를 제압한다. 그렇기에 종합 격투기 선수들에게 주짓수는 이종 격투기의 교과서와 같다. 이종 격투기 선수라면 반드시 익혀야 할 필수 과목이 된 것이다.

주짓수의 핵심 원리는 내 몸의 균형을 유지하며 상대방의 힘을 역이용하는 데 있다. 지렛대의 원리를 생각하면 쉽다. 공격하는 사람의 힘을 역이용해 적은 힘으로 큰 힘을 제압하는 것이다.

이론적으로는 이해되지만 실제로 이런 일이 가능하냐고? 물론이다. 이것을 증명한 사람이 바로 그레이시 집안의 주짓떼로 엘리오 그레이시다. 지금의 주짓수를 창시했다고 해도 과언이 아닌 그는 172센티미터에 63킬로그램의 다소 왜소한 체격이었는데, 신체적 약점을 극복하기 위해 몸집이 작아도 기술로 이길 수 있는 합리적 무술로 주짓수를 연구했다. 유술의 기본인 관절 꺾기와 조르기로 상대를 제압했다. 그는 작은 체구임에도 숱한 강자들과의 결투에서 승리를 일구었고, 브라질 사람들은 허약해 보이는 그가 거구들을 쓰러뜨리는 모습에 열광했다. 이런 엘리오의 기술들은 주짓수와 많이 닮아 있다.

현재 FBI, CIA, Ranger, Delta Force, Navy SEAL에서도 주짓수를 필수 과목으로 지정하여 학습하고 있다. 이것만 보아도 주짓수가 실전 최고 무술이라는 증거가 아닐까 싶다.

깡마른 체격이지만 잘 싸우고 싶다면 주짓수를 추천한다.

이성과 스파링을 해 보고 싶다면 주짓수를 추천한다.

호신술을 배우고 싶다면 주짓수를 추천한다.

그러고 보니 모든 사람들에게 주짓수를 추천하고 싶다!

나의 이러한 구구절절한 설명에도 불구하고 간혹 이론과 실제는 다르다며 주짓수를 의심하기도 하는데……그럼 나는 조용히 상대의 뒤로 가 초크를 건다. 백문이 불여일견이니까.

어른이 되어 취미로 만난 사람들

주짓수가 재미있는 이유는 함께하기 때문이다. 텔레비전을 보며 트레드밀 위를 달리거나 한 공간에 모여 있지만 서로 대화를 나누지 않는 요가 등은 온전히 혼자서 하는 운동이다.

반면에 주짓수는 상대가 있어야 스파링도 하고 기술도 익힐 수 있다. 나이가 들수록 점점 관계에 피로감을 느끼는 현대인들에게 함께해서 즐겁다는 가치는 대단히 큰 축복이다.

20대 때 나는 일도 제대로 못하고 성과도 내지 못해 자신에게 많은 스트레스를 받았다. 무언가를 잘하고 싶은 마음도 컸지만, 그에 전혀 부응하지 못하는 자신을 보며 자괴감에 빠졌다.

그때의 나는 관계를 통해 많은 위로를 받았는데 특히 친구들과 모여 시시콜콜한 대화를 나눌 때 그랬다. 별것도 아닌 일을 확대 해석하기도 하고, 나와 아무 상관없는 연예인 이야기를 깊은 관계라도 있는 양 나누었다. 어릴 때는 떨어지는 낙엽만 봐도 즐겁다는 말이 괜히 나온 것이 아니구나 싶을 정도였다.

나와 같은 꿈을 꾸는 사람들과의 관계 역시 즐거웠다. 모두 힘든 상황이었지만 이 상황을 함께 잘 헤쳐 나가자며 의기투합하기도 했고 도토리 키 재기 같은 합평들을 주고받으며 서로에게 힘이 되어 주기도 했다.

30대에 들어서면서는 조금씩 상황이 달라졌다. 친구들에게는 각자의 일과 가정이 생겼고 그러다 보니 주요 관심사들이 달라졌다. 타인의 감정에 귀 기울이고 소통하기에는 일과 가정을 챙기는 것만으로도 시간이 부족했다. 삶이 너무 바빴다. 달라진 삶만큼이나 관심사도 확연히 달라졌다. 오랜 친구였지만 이렇게 생각의 차이가 있었나 싶어 새삼 놀라기도 했다. 머리로는 서로를 충분히 이해했지만 마음으로는 온전히 이해할 수 없게 되었달까. 매일 하던 문자가 2-3일에 한 번, 일주일에 한 번으로 점점 뜸해졌다.

같은 꿈을 꾸었던 사람들도 예외는 아니었다. 잘나가면 잘나가는 대로 바빠져 전처럼 소통할 시간이 없었고, 일이 잘 풀리지 않으면 연락을 부담스러워하며 피하기 일쑤였다. 남은 사람들도 현재 나와 함께 일을 하고 있는 동료들뿐이었다.

물론, 그들은 좋은 동반자이자 조언자였다. 고충을 잘 들어 주고 최대한 나의 입장을 헤아려 주기 위해 노력했다. 그럼에도 공과 사의 경계 그 어딘가에 놓인 관계가 마냥 편하고 즐겁지만은 않았다. 시간이 갈수록 점점 혼자가 편해졌다. 애써 나를 이해해 달라 말할 필요도 없으니. 혼자서 하는 일이 적성에도 잘 맞아 나름 즐기게 되었다. 외로움은 불쑥불쑥 튀어 나왔지만.

누군가와 함께할 때는 혼자이고 싶고, 막상 혼자가 되면 함께하고 싶은 인간의 이중적인 마음. 그래서 주짓수가 더 좋았는지 모르겠다. 함께하지만 관계에 너무 얽매이지 않아도 되고, 함께하면서도 뭔가 이루어야 할 목적이 없기에 계산하지 않아도 되는 심플한 관계가 좋았다. 운동을 마치고 거친 숨을 고르며 벽에 기대 앉아 사람들과 나누는 소소한 수다가 삶의 복잡한 문제를 잊게 해 주었다. 새로 나온 도복을 사기 위해 새벽까지 기다렸다가 광클을 했다는 이야기, 도복 바지 끈을 앞으로 매는 것보다 옆으로 매는 것이 덜 풀린다는 이야기, 최근 회사에 일이 너무 많아 운동을 잘 나올 수 없었다는 이야기, 연예인 누가 주짓수를 하는데 잘한다는 이야기. 돌이켜 보면 주로 20대 때 친구들과 하릴없이 떠들던 수다와 비슷한 종류의 이야기들이었다.

인생에 목적을 가지고 목표를 이루기 위해 쉼 없이 달려가는 일이 누군가에게는 매우 중요하다. 특히, 나처럼 목표 지향적인 사람에게는 그 목적이 현재를 살게 하고 버티게 한다. 하지만 삶은 그렇게 호락호락하지 않다. 마라톤을 뛸 때 100미터 달리기를 하듯 계속 빠른 속도로 질주할 수 없는 이유와 마찬가지다.

가끔은 중간에 멈춰 서서 쉬기도 하고 뒤를 돌아보기도 해야 한다. 그러다 보면 어느 새인가 자기도 모르게 골인 지점에 가까워져 있다.

주짓수는 운동 자체의 매력도 매력이지만, 이런 부수적인 것들이 참 좋다. 나를 나답게 만들어 주고 편안하게 해 준다.

혼자가 편해진 삶 속에서 오랜만에 느껴 본 '함께'라는 기분,
그 기분은 줄곧 혼자였던 나에게 따뜻한 온기가 되어 다가
온다.

망설이지 마라

친구가 매우 용하다는 점집을 알려 주었다. 얼마나 용한지 1년에 단 두 번만 예약을 받는데 한 번에 6개월 치를 받는단다. 예약일이 되면 수십 번 전화를 해야만 겨우 통화가 가능하니 억세게 운이 좋아야 예약을 할 수 있으며 운 좋게 예약이 되었다 하더라도 점을 보려면 몇 달을 기다려야 한다고 했다. 순간, 점 한 번 보자고 이 노력을 해야 하나 싶기도 했지만 얼마나 대단한 점집인가 싶어 한번 노력해 보기로 했다. 나의 미래가 어떨지 궁금하기도 했고.

군이 안 해도 되는 변명을 해 보자면 나는 점을 맹신한다거나 굳게 믿는 종류의 부류는 아니다. 중학교 때 세례를 받기까지 한 나름 천주교인이다. 비록 지금은 성당에 다니지 않는 나이롱 신자지만 말이다. 그러니 이 신점은 순전히 재미로 보는 것이라 할 수 있다.

먼저 다녀온 친구들은 모두 입을 모아 '대박'을 외쳤는데 집에 어떤 색 물건이 있는지, 어떤 조상이 있는지 등을 알아서 척척 맞혔다고 했다. 점괘 중에 가장 중요한 것은 '첫마디'라는 말도 잊지 않고 해 주었다. 점쟁이가 건네는 첫마디가 나를 정의하는 그 '무엇'이라고 했다.

친구들의 이야기를 듣고 호기심 반, 장난 반으로 몇 달을 기다리다 보니 어느덧 내 차례가 되었다. 그토록 기다린 순간, 점쟁이가 내게 입을 열고 처음으로 한 말은……

"망설이지 마라."

였다.

무슨 뜻이지? 나는 성격도 급하고 하고 싶은 일은 죽이 되든 밥이 되든 해 봐야 직성이 풀리는 성격인데. 비싸도 갖고 싶은 것은 다 가져야 속이 후련하고, 하고 싶은 것은 재고 따질 틈 없이 바로 해야 밤에 다리를 뻗고 잘 수 있는 성미를 지녔는데. 그런 내게 망설이지 말라니.

지금껏 나는 비교적 망설임 없이 살아왔다고 자부했는데 점쟁이에게서 그런 말을 들으니 기분이 묘했다. 긍정적으로 해석하니 현재 내가 숨 잘 쉬고, 밥 잘 먹으며 사는 것은 망설이지 말아야 하는 내 팔자대로 사는 덕분인가 싶기도 했다.

여태껏 나는 망설임은 부정적인 목소리라고 생각하며 살아왔다. 그렇기에 일정 시간 이상 망설여지는 일은 아예 하지 않았다. 반대로 하고 싶다는 생각이 강하게 들면 무작정 내질러 기어이 하고야 말았다. 그렇게 내지른 일이란 이런 것들이다.

'엄청난 액수의 학자금 대출을 받으며 대학원에 간 것.'

'호감이 가는 누군가를 밤낮으로 쫓아다니며 연애를 한 것.'

'억 소리 나는 대출을 받아 이사한 것.'

'주짓수를 시작한 것(?)'

그중에는 후회가 되는 일도 있지만(특히, 연애) 대부분 망설이지 않은 덕분에 그 경험이 피가 되고 살이 되어 현재의 나를 긍정적으로 이끌었다. 그래서인지 나는 주변 사람들에게 늘 '일단 저지르고 보라'고 조언한다. 물론, 성격에 따라 신중한 사람들은 늘 신중하고 지르는 사람들은 늘 지른다. 역시 삶의 방식에 정답이란 없다.

성격은 주짓수를 할 때도 고스란히 반영된다. 망설이면 어김없이 다치고 만다. 어떤 기술에 들어갈 때 할까 말까 망설이다 보면 넘어져 다치고, 피할까 말까 망설이다 보면 기술에 걸려 다친다. 운전 중 차선을 바꿀 때 망설이지 말고 빠르고 정확하게 들어가야 하는 것처럼 주짓수도 마찬가지다. 공격하려면 망설이지 말고 빠르고 정확하게 들어가야 한다. 끼어들까 말까, 갈까 말까, 할까 말까 망설이다 결정을 내리지 못하면 곧장 사고로 이어진다. 망설임 역시 생각이자 고민이라 너무 많이 하면 몸에 해롭다.

점쟁이가 내게 한 말들은 대부분 이미 알고 있는 것들이라 크게 도움이 되지는 않았지만, 복채로 준 돈이 아깝지 않으려면 주짓수를 할 때 망설이지 않음으로써 병원비를 아꼈다고 생각해야겠다. 더불어 유명한 점쟁이를 찾아 점을 보려는 시도도 이번 한 번으로 족하고 나머지 노력은 주짓수를 할 때나 써야지.

화이트 벨트가 절대로 해서는 안 되는 것

주짓수는 규칙이 많지 않은 스포츠지만 절대로 해서는 안 될 행동들이 몇 가지 있다.

'눈 찌르기, 물어뜯기, 다리가 엇갈린 채 골반 안쪽으로 들어가기' 등.

주로 상대에게 치명적인 부상을 입힐 수 있는 동작들이 해당된다. 여기에 유색 벨트에게는 허용되지만 화이트 벨트에게는 절대로 허용되지 않는 기술이 있다. 바로 '플라잉'이다.

플라잉은 두 발이 모두 바닥에서 떨어진 상태를 말하는데,

큰 부상으로 이어질 수 있어 화이트 벨트들에게는 절대 허용되지 않는다.

2018년, 한 주짓수 대회에서 블루 벨트의 한 주짓떼로가 상대편의 왼쪽 다리를 작살냈다는 소식을 전해 들었다. 그는 플라잉 기술을 써 무릎 위의 약한 부위를 가격했고 그로 인해 상대는 다리가 부러져 1년 간 깁스를 해야 했다. 플라잉 기술이 언제나 이렇게 큰 부상을 가져오는 것은 아니지만 그만큼 위험한 것은 맞다.

날렵하게 뛰고 날아다니며 화려한 액션을 선보이는 영화 속 배우들을 보면 나도 저렇게 싸움을 잘하고 싶다는 욕망이 샘솟는다. 그들의 액션은 말 그대로 '헐리웃 액션'임을 알면서도 어쩐지 열심히만 하면 나도 할 수 있을 것 같다. 왠지 나처럼 이런 생각을 가진 사람들이 섣불리 고급 기술을 쓰다가 부상을 당하는 것은 아닐까 싶다.

우리 체육관은 문을 연 지 오래 되지 않은 곳이기에 유색 벨트보다는 화이트 벨트의 주짓떼들이 많다. 화이트 벨트의 초보 주짓떼들은 규칙에 그리 민감하지 않다.(잘 모르기 때문에 그렇다. 나처럼)

한 번은 덩치가 있는 주짓떼로와 스파링을 하다 완전히 발린 적(?)이 있다. 아무리 주짓수가 나이 불문, 성별 불문, 체급 불문이라지만 기본적으로 근력이 강한 남자를 근력 없는 여자가 이기기란 쉽지 않다. 나는 매번 기술에 걸리고 압박 공격을 당해 셀 수 없이 탭을 외쳐야 했다. 그러다 순간 갑자기 분하다는 생각이 들어 스파링 시간이 거의 끝나갈 무렵, 상대가 등을 돌린 사이 날아올랐고 그의 백을 잡으려 시도했으나 이마저도 대실패에 그쳤다. 문제는 상대가 쓱 방향을 틀어 버리는 바람에 그 자리에서 넘어져 다리까지 접질리게 되었다는 것이다. 역시 하지 말라는 것은 하면 안 되고 섣부른 마음은 육체적 상처만 남긴다.

다행히 심하게 접질린 것은 아니었는지 3일 정도 쉬니 그럭저럭 발목이 나았다. 그 일로 경험에서 우러나온 조언에는 다 이유가 있음을 깨달았다. 하지 말라는 짓을 하면 어떻게 되는지 이 작은 일화를 통해 알게 된 것이다. 날아오르는 기술은 겉보기에는 멋있어 보일지 몰라도 큰 부상을 초래할 수 있어 항상 조심해야 한다.

조금 느릴지 몰라도 차근차근, 서두르지 않으며 기초를 탄탄하게 해야 나중에 더 멀리 날아오를 수 있다. 시간과 노력을 들여 서두르지 않고 기다리다 보면 다치지 않고 멋지게 날아오를 날이 내게도 올 것이다. 합법적으로 멋지게 날아오를 그날을 위해, 파이팅이다!

유도는 억울하지만 주짓수는
억울하지 않은 이유

　주짓수는 유도를 기반으로 하는 운동이다. 여기서 두 운동의 가장 큰 차이점이라면 '내가 나를 판단하느냐', '타인이 나를 판단하느냐'가 아닐까 싶다.

　사실, 주짓수를 하기 전까지는 유도, 검도, 태권도, 합기도 등의 운동에는 전혀 관심이 없었다. 어떻게 해야 이길 수 있는지, 득점 상황이 어떤 것인지 등 매트 위에서 하는 모든 운동에 문외한이었다.

　주짓수를 시작하고 나서야 겉으로는 다 비슷해 보여도 나름의 차이점이 있고, 운동이 보편화되는 과정에서 많은 변화들이 생겨났음을 알게 되었다. 그 뒤로도 부쩍 궁금한 것이 많아졌는데, 특히 주짓수와 유도의 차이에 대해 알고 싶었다.

우리 체육관에는 유도를 했던 주짓떼로들이 꽤 있어 그중에서 배우이자 유도 유단자인 주짓떼로 봉식 님께 물었다.

"주짓수와 유도의 차이는 무엇인가요?"

그러자 봉식 님은 판정이냐, 항복이냐의 차이라고 설명했다.

예를 들면 이런 것이다. 유도는 기술을 걸어 상대의 등을 바닥에 닿게 해야 승리하는 운동이다. 그렇기에 상대의 기술에 걸려 넘어질 때도 등이 바닥에 닿지 않도록 해야 한다. 등이 바닥에 완전히 닿았는지, 옆으로 비껴 닿았는지도 중요한데 이를 판단하는 것은 전적으로 심판이다.

반면, 주짓수는 자신이 직접 상대에게 '항복'을 외쳐야만 끝이 난다. 등이 바닥에 닿거나 쓰러지고 기술에 걸리는 것은 모두 승패와 관련이 없다.(시합에서는 정해진 시간 안에 경기가 끝나야 하므로 누군가 항복을 외치지 않는다면 기술 점수를 계산하기는 한다) 상대가 득점을 아무리 많이 한 상황이라 하더라도 항복을 외치면 그것은 나의 승리이다.

봉식 님은 그래서 '유도는 억울하지만, 주짓수는 억울하지 않다'고 덧붙였다.

사회가 발전하면서 우리는 더 이상 식량 부족으로 인한 먹고 사는 문제에 얽매이지 않게 되었다. 생활은 보다 편리해졌고 삶을 영위하기 위한 삶보다는 좀 더 풍요로운 삶, 행복한 삶에 집중하게 되었다. 그 결과 각자의 삶을 풍요롭게 하기 위해 '나'라는 존재를 탐구할 필요가 생겨났다. 세상 속에 있는 나, 함께하고 싶지만 혼자이고 싶은 나, 해야 하는 일과 하고 싶은 일 사이의 나. 나라는 존재를 알아야지만 자신을 행복의 길로 이끌 수 있기 때문이다.

하지만 온전히 나에게만 집중하기에는 사회와 타인의 시선이 만만치 않다. 무수히 많은 기준과 잣대들이 우리도 모르게 삶에 개입되어 있었다. 가고 싶은 길이 아닌 가야만 하는 길로 삶을 인도했고, 옳은지 그른지를 평가하려 들었다. 그 사이에서 발생하는 오해와 불신, 석연치 않음이 삶을 불안하게 하고 쪼그라들게 만들었다. 스스로에 대한 평가와 타인의 평가가 갈리면서 진짜 나와 겉으로 보이는 나 사이에 괴리가 생겨났다.

이는 상대의 기술에 걸려 넘어졌지만 등이 바닥에 다 닿지도 않았는데 심판의 기준에서 패배로 인정되는 유도와 비숫하다. 살다 보면 유도의 규칙처럼 등이 바닥에 다 닿지 않았으니 패배하지 않았다고 주장하고 싶을 때가 있다. 하지만 왠지 비겁한 변명 같아 이내 포기하고 만다.

반면에 주짓수는 상대에게 졌다는 의사를 스스로 표현할 수 있다. 상대 또한 자신의 선택에 의해 패배했음을 드러낼 수 있다. 시합의 승패를 자신이 결정하고 판단하는 것이다. 그런 점은 스스로를 돌아보게 하기에 자기 객관화에도 도움이 된다.

타인의 시선을 잠시 내려놓고 현재의 싸움에서 견딜 수 있을지, 없을지 스스로 돌아보는 것. 때로는 억지를 부려 무식하게 참는 경우도 있을 것이고, 충분히 견딜 수 있는 상황이지만 두려운 마음이 앞서 쉽게 포기해 버린 적도 있을 것이다. 무엇이든 괜찮다. 내 안에서 오롯이 결정된 선택이라는 점에서 충분히 가치가 있다.

인생의 승리와 패배도 마찬가지다. 승리든 패배든 결정권은 모두 자신에게 있다. 주위를 둘러보면 자기 인생의 승패를 스스로 진단하고 결정한 사람들은 대부분 삶이 행복하다고 느끼는데 나는 그것을 '자기애'라고 표현한다. 주관이 분명하고 그것이 옳다고 믿기에 승리나 패배에 관계없이 자신을 아끼고 사랑한다. 진정으로 강한 자들이다.

주짓수를 하다 보니 내 삶도 점차 그렇게 되어 가는 듯하다. 판정이 아닌 나의 결정으로 끝이 나는 방법을 알아 가고 있다. 지금보다 더 나은 삶도 좋지만, 그보다는 행복해지기 위해 더 열심히 주짓수를 배워야겠다고 다짐해 본다.

띠빵, 올라갈수록 많이 맞는 법

초등학교 2학년인 조카 민호는 일주일에 한 번은 꼭 내게 묻는다.

"고모, 고모는 주짓수 벨트가 무슨 색이에요?"

그럼 나는 늘 같은 대답을 한다.

"고모는 아직도 흰색이야. 그리고 아주 오랫동안 화이트 벨트일 거야."

내가 아무리 이렇게 대답해도 조카는 아랑곳 않고 다음 통화에서 아픈 곳을 또 찌른다.

"고모, 지금은요? 지금은 무슨 색이에요?"

화이트 벨트에서 벗어나려면 여기에 그랄이라는 땀과 노력, 시간이 담긴 테이프를 4개나 감아야 한다. 그래야지만 다음 단계인 블루 벨트를 맬 수 있다.

힘들게 블루 벨트를 맨 다음 또 땀과 노력, 시간을 들여 퍼플, 브라운, 대망의 블랙 벨트까지 가는 데는 족히 10년이 걸린다고 했다. 만약, 내가 정말 열심히 노력한 결과로 아주아주 빠르게 블랙 벨트가 된다 해도 그때 내 나이는 마흔이 훌쩍 넘는다.

아직 화이트 벨트의 쪼렙인 나는 하루 빨리 유색 벨트를 손에 넣고자 열심히 체육관에 다니고 있다. 차곡차곡 열심히 그랄을 모아 유색 벨트를 손에 넣는 날이 오면 정말이지 하늘을 날아오를 듯 기쁠 것이다.

자고로 슬픔은 나누면 반이 되고, 기쁨은 나누면 배가 된다고 했다. 체육관에서도 벨트 색깔을 바꾸는 기쁨을 절대 혼자서 만끽하게 놔두지 않는데, 이 기쁨을 증폭시키기 위한 파티가 있다. 이름하여 '띠빵'.

띠빵은 일종의 생일빵과 같다. 생일을 맞이한 사람을 축하하기 위해 생일빵을 때리듯, 승급을 축하하기 위해 승급자를 벨트로 사정없이 때려 준다. 축하하는 만큼 열정을 담아서 말이다.

나는 지난 승급식에서 블루 벨트로 승급한 주짓떼로의 띠빵을 보았다. 띠빵을 보지 못한 자, 무엇을 상상하든 그 이상을 보게 될 텐데 나는 실제로 보고도 믿을 수가 없었다.

'두 줄로 길게 늘어선 주짓떼들 사이로 승급자가 걸어 지나간다. 그럼 수십 명의 주짓떼들이 자신의 벨트를 풀어 축하하는 만큼 열정을 담아 승급자의 등을 내리친다.' (주의할 점이라면 다칠 우려가 있으니 절대로 머리 쪽을 쳐서는 안 된다는 것!)

'촤악! 촤악!' 수십 명의 사람들이 쉴 새 없이 내리치는 띠빵의 울림, 몸에 감기는 벨트의 경쾌한 소리가 참으로 찰지다. 승급자는 걸어갈 때보다 돌아오는 길이 더 멀다. 이미 한 번 겪어 봤으니 띠빵의 고통을 짐작할 터. 그렇다고 봐 준다거나 하는 것은 없다. 지나온 길을 다시 돌아가 한 번 더 그 고통을(?) 맛보아야 한다.

갈 때는 멋지게 천천히 걸어가던 사람도 올 때는 속도를 높이기 마련이다. '후다다닥!' 돌아가는 사람에게 혹시라도 나의 축하가 전해지지 않을까 주짓떼들도 급히 벨트를 들어 그 순간을 놓치지 않고 승급자의 등을 내리친다.

사실, 나는 첫 띠빵을 보고 너무 놀라 입이 다물어지지 않았다. '사람이 사람을 저렇게 때릴 수도 있구나' 싶어 적잖이 놀랐다. 그리고 더 놀라운 것은 그다음이었다. 띠빵을 당한 승급자의 등을 보고는 정말이지 기절할 뻔했다. 등이 파랗다 못해 시커멓게 멍이 들어 있었다. 내 등이 저랬다면 엄마는 보고 대성통곡하며 우셨겠지.

그날 나는 다짐했다. 띠빵은 무서운 것이니 절대 유색으로 승급하지 말아야겠다고. 위로 올라갔다는 축하 인사가 이토록 무섭기는 살면서 처음이었다.

우리는 어딘가로 올라가기 위해 태어나는 그 순간부터 장거리 달리기를 하고 있는데, 늘 올라가기만 하면 좋겠지만 실상은 그렇지 못하다. 조카가 매번 나의 벨트 색을 묻듯, 주변 사람들도 인생의 방향이나 성장에 관해 묻는다. 여기서 나는 쉽게 대답할 수 없을 때가 많은데 발전은커녕 대부분은 그 자리, 그 시간에 머물러 있기 때문이다. 그러다 어느 순간 평지의 끝에 도달해 간신히 한 계단 올라갈 수 있는 기회를 만나기도 한다.

그러면 어디선가 숨어 있던 사람들이 나타나 띠빵을 하려 달려든다. 축하와 시기심을 담아 있는 힘껏 아프게 후려친다.

위로 더 높이, 더 멀리 올라갈수록 후려치는 사람들이 많아진다. 고맙지만 아프고, 아프지만 고맙다.

아마 더 높이, 더 멀리 올라갈수록 축하보다는 시기하는 사람이 더 많아 호되게 맞아야 할지도 모르겠다. 실력이 부족한데 먼저 앞서갔다는 이유로, 운이 좋았을 뿐 실력이 좋아서는 아니라며, 때론 축하 인사 뒤에 숨겨진 시기심이 무섭게 느껴질지도 모르겠다.

그렇다고 이런 시기가 두려워 늘 제자리에 머무를 수는 없으니 더욱 마음을 독하게 먹고 높이 올라가야 한다. 생각해 보면 별로 겁을 낼 필요도 없는 일이다. 벨트의 색도, 내 인생의 성장도 누구에게 보여 주기 위함이 아닌 그동안 열심히 살았다는 증거일 뿐이니.

띠빵을 두려워하는 마음 뒤에는 사람들의 부러움을 사고 싶고, 맞아서 등이 시퍼렇게 멍들고 싶은 마음이 숨어 있다. 어쩐지 시퍼렇게 멍이 들도록 맞아도 기쁠 것 같다. 내가 한 단계 업그레이드됐다는 뜻일 테니. 그마저도 참고 견딜 수 있을 것 같다. 띠빵을 맞는 날이 내게도 온다면 나 또한 시퍼렇게 멍이 들도록 맞고도 행복하게 웃을 것이다.

등이 시퍼렇게 멍드는 날, 나는 민호에게 가장 먼저 전화해 말할 것이다.

"민호야! 고모 블루 먹었어!"

기무라에게 존경의 마음을 담아
기무라 록을 하려는데…… 왜 안 되지?

　기무라 록. 한 손으로 상대의 손목을 잡고 다른 한 손으로는 상대의 팔과 얽은 후 나의 팔을 잡고 손목을 돌려 비트는 기술을 기무라 록 혹은 '팔 얽어 비틀기'라고 한다.

　왜소한 체격으로 거구의 상대들을 쓰러뜨리고 다녔던 엘리오 그레이시가 유일하게 패배를 한 시합이 바로 기무라 마사히코와의 경기에서였다. 기무라 마사히코는 일본 유도계의 전설로 불리는 인물이다. 둘은 1951년 10월에 경기를 했는데, 당시 엘리오는 팔이 부러진 상태에서도 포기하지 않고 끝까지 경기에 임할 정도로 그 열기가 뜨거웠다고 한다. 장장 4시간이라는 긴 시간 동안의 혈투 끝에 승리를 거머쥔 사람은 바로 기무라였다. 그는 유도의 팔 얽어 비틀기 기술을 이용해 승리를 거머쥐었다.

비록 엘리오가 이 기술 때문에 패배했지만 주짓수에서는 기무라에 대한 존경의 의미를 담아 그의 이름을 따 이 기술을 '기무라 록'이라 부르기 시작했다.

주짓수 기술은 말이나 글로는 설명하기가 난해할 때가 많다. 동작들이 매우 디테일할 뿐 아니라 몸이 이리저리 서로 얽혀 있어 정확히 어디를 잡고 어디로 나와야 하는지를 파악하기가 힘들다. 그럼에도 기무라 록에 대해 간단히 설명하자면 관절이 꺾이는 방향과 반대로 꺾어 상대를 압박하는 기술이라 생각하면 쉽다. 관절이 꺾이는 방향과 반대 방향으로 몸을 비틀어 버리는 것이라 상대는 괴롭고 버티다 보면 부러지거나 골절이 올 수밖에 없다. 동글동글 귀여운 얼굴로 상대를 무섭게 제압하는 이종 격투기 선수 표도르 예멜리야넨코가 자주 사용하는 기술이 바로 이 기무라 록이다.

존경이란 누군가를 높이 공경한다는 의미이다. 그렇다면 누군가를 존경한다는 의미는 대체 무엇일까. 지금껏 나는 누군가를 깊이 존경한다고 생각해 본 적이 없는 것 같다. 내 인생에서 존경하는 인물을 꼽으라고 한다면 아주 오랫동안 고민해 봐야 할 것 같다. 엘리오는 왜 자신을 이긴 상대에게 존경의 의미를 드러냈을까. 백전 무패의 자신을 이긴 것에 대한 칭찬의 의미였을까. 내 생각에는 늘 승리만 해 거만해진 자신에게 패배를 안겨 줌으로써 돌이켜볼 기회를 선사한 기무라에게 진심으로 감사하는 마음을 담지 않았을까 싶다.

주짓수를 시작할 때는 늘 모여 공손히 인사하고, 스파링 전에는 '잘 부탁드립니다'라고 말한다. 스파링을 끝마치고는 '감사합니다'라며 고개 숙여 인사하고, 모든 운동이 끝나면 한 명 한 명과 악수를 나눈다. 서로에 대한 존경을 표하는 것이다.

그러고 보면 그동안 내가 너무 거만했던 탓에 누군가를 존경하기 어렵다고 생각했던 것은 아니었을까 싶기도 하다. 존경의 대상은 언제나 완벽하고 완전하며 무엇이든 뛰어나야 한다고 생각해 멀리서만 대상을 찾으려 했던 것 같다.

세상에 완전한 존재가 없는 것처럼 사람에게는 저마다 배울 점이 있다. 바꿔 말하면 세상에 존경하지 못할 대상은 없는 것이다. 누구나 존경, 존중의 대상이 될 수 있다. 잎새에

이는 바람조차 의미가 있고 존경할 만한 뜻이 있듯이. 존경은 거창한 대상에게만 부여되는 포상이 아니라 모두가 기본적으로 가지고 있어야 하는 마음가짐이다. 나와 같은 시간에 함께 운동하는 주짓떼들에게도, 평소 연락을 주고받는 친구들에게도, 현재의 나를 있게 한 부모님께도 항상 존경의 마음을 가져야 하는 것이다.

그런 의미에서 자신을 이긴 기무라에게 존경의 마음을 담아 기술을 이름 붙인 엘리오는 참으로 멋지다. 그래서 나도 존경의 마음을 한껏 담아 기무라 록을 하고 싶은데…… 잘 되지 않는다.

도대체 왜 안 되는 것일까. 정말 하고 싶다, 나도. 기무라 록!

시선이 닿는 곳에 존재하는 삶의 무게 중심

주짓수를 잘할 수밖에 없는 직업이 있다. 바로 정형외과 의사이다. 뼈의 모양과 위치, 움직임을 잘 알기에 어떻게 해야 상대가 고통을 느끼는지, 어떻게 하면 무게 중심을 무너뜨릴 수 있는지 잘 알 수밖에 없을 듯하다. 아마 정형외과 의사가 마음먹고 한다면 단번에 주짓수 고수가 될 것이다. 물론, 이 모든 가설은 나의 밑도 끝도 없는 논리를 기반으로 한다. 하하하.

서 관장님은 자신의 힘을 이용해 공격하지 말고 상대의 힘을 이용해 공격하라는 말씀을 자주 하신다. 붙잡힌 팔을 빼내려 힘을 쓰는 상대의 반동을 이용해 몸을 일으켜 세우거나 그가 무너지는 힘의 방향을 이용해 공격을 시도하라고 말이다. 힘을 들이지 않고 기술을 건다는 점에서 매우 유용하겠으나 이론과 실제는 매우 다르기에 나 같은 사람에게는 결코 만만치 않은 숙제다.

평소 나는 내 몸 어디에 힘을 주고 있는지, 어느 부위를 이용해 균형을 잡고 있는지 알지 못했다. 그런 것에 대해 한 번도 생각해 보지 않았다. 주짓수를 하기 전까지는.

주짓수 기술을 익히려면 기본적으로 몸 어디에 힘을 주고 있는지, 무게 중심이 어떻게 이동하는지를 알아야 했다. 그래야 팔, 다리 네 개 중 어디를 이용해 상대를 공격할지 정할 수 있었다.

하지만 가르침과 다르게 나는 늘 무게 중심을 잃고 원치 않는 방향으로 고꾸라지기 일쑤였다. 의식한다고는 했지만 아직 몸의 무게 중심이 어디에 있는지 완전히 파악하지 못한 것이다.

말이 나왔으니 무게 중심에 관련된 신기한 비밀 한 가지를 이야기하자면, 무게 중심은 우리의 시선과도 관련이 있다. 서 관장님은 늘 '상대를 보내고 싶은 방향을 먼저 쳐다보라'고 말씀하셨다. 그 말을 듣고 처음에는 반신반의하며 믿지 않았다. 그러다 실전에서 뜻밖의 경험을 하고 나니 그 말이 정말이었구나 싶었다. 스파링 중 시선을 먼저 보내고 움직임을 시작하면 상대도 이내 내가 원하는 방향으로 움직이고, 나의 무게 중심도 자연히 이동하게 된다. 눈빛에 어떠한 힘이 있는 것도 아닌데. 정말 놀랍지 않은가?

살면서 우리는 많은 것을 보게 된다. 눈에 보이는 사람, 동물, 식물, 사물들은 물론이고 눈에 보이지는 않지만 아주 소중한 가치인 꿈, 희망, 사랑, 목표를 바라보기도 한다. 바라보지 않으면 어디로도 향할 수 없기에 늘 무언가를 바라보며 그것이 보이는 것이든 보이지 않는 것이든 대상을 정해 두고 그곳으로 나아간다.

흔히 여행을 많이 하고, 책을 많이 읽고, 사람을 많이 만나면 시야가 넓어진다고 한다. 보는 것이 달라지면 생각도 달라지고, 그 생각이 행동에 영향을 미쳐 궁극적으로는 삶이 달라져 그런 말이 나온 듯하다.

시선에는 우리가 생각하는 것보다 훨씬 더 많은 정보가 들어 있으며 대상을 응시하는 것만으로도 앞으로 나아갈 힘을 얻는다. 그렇다면 나의 시선은 어디에, 어떻게 두어야 할까. 시선을 정하는 데도 필요한 기술이 있지 않을까. 아래만 보면 쉽게 거만해질 것이고, 주변만 둘러보면 발전이 없을 것이고, 위만 바라보면 자신의 부족함을 탓하느라 현재를 즐기지 못할 텐데.

나는 위도 옆도 아래도 아닌 먼 곳을 바라보며 살고 싶다. 시력을 보호하기 위해 자주 먼 곳을 응시해야 하는 것처럼 가까운 것을 좇으며 갈팡질팡하기보다는 보다 멀리 내다보고 싶다. 삶의 무게 중심을 멀리 둔다면 그 힘을 빌려 더 오래 지탱할 수 있을 테니 말이다.

스파링을 할 때 그저 바라보는 것만으로도 나의 무게 중심을 옮길 수 있듯 인생도 마찬가지다. 무엇을 바라보느냐에 따라 삶의 중심이 달라진다. 그러니 이제 정하기만 하면 된다. 어디를 바라볼지. 결국, 선택은 각자의 몫이니까.

나의 민낯만 아는 사람들의 편안함

나는 평소 화장을 진하게 하는 편이 아니다. 어린 시절부터 노안이었던 탓에 중학생 때부터 미성년자 관람 불가 영화를 민증 검사 없이 보았다. 당시에는 길거리에서 신용 카드를 만드는 일이 흔했는데, 사복을 입고 다니면 카드 영업 사원이 신용카드를 만들라고 붙잡았고 중학생이라 해도 거짓말하지 말라며 말을 믿어 주지 않았다.

주변 사람들에게 이런 고충을 이야기하면 다들 나이가 들면 괜찮아진다고 말했다. 나도 그런 날이 오기를 손꼽아 기다렸지만 안타깝게도 그런 날은 아직까지 오지 않았다. 여전히 나는 노안이다. 하.하.하.

그런 이유에서(화장을 하면 더 나이가 들어 보이는 것 같아) 화장과는 거리가 먼 삶을 살다 보니 기술이 전혀 늘지 않았다. 역시 인간은 학습의 동물이다. 사용하지 않는 기능은 퇴화되는 법! 내가 할 수 있는 최선의 메이크업은 쿠션을 이용한 잡티 커버가 전부이다. 나이가 들자 피부만 좋아도 어려 보인다는 말이 무슨 뜻인지 알게 되었다.

어느덧 30대 중반이 되자 피부는 이제 쿠션 하나로 감당이 되지 않았고, 엎친 데 덮친 격으로 이미 퇴화해 버린 손은 메이크업에 대해서는 똥손이나 다름이 없었다. 그저 피부라도 좋아 보이게 쿠션 위에 파운데이션, 파운데이션 위에 컨실러를 덧바르며 점점 두께감을 높여 줄 수밖에.

사실, 주짓수에서는 화장이 허용되지 않는다. 대부분 흰 도복을 착용하기 때문에 화장을 지우지 않으면 상대의 도복에 메이크업을 묻히게 되는데 이는 예의가 아니어서 다들 민낯으로 운동을 한다.

민낯도 부끄럽기 짝이 없는데 운동을 하다 보면 피가 얼굴로 몰려 얼룩덜룩해진다. 그때 거울이라도 보면 세상 그렇게 못생겨 보일 수가 없다. 거기에 대역죄인 머리는 보너스.

오랜 친구들에게도 민낯을 보여 줄 기회는 드물다. 진하지 않은 화장일지라도 그것을 벗겨 낸 민낯은 온전히 나만의 전유물로 남겨 두고 싶지 타인과는 공유하고 싶지 않은데……주짓떼들과는 어쩔 수 없이 늘 민낯으로 마주해야 한다.

처음에는 민낯의 자신이 너무 부끄러워 상대방과 얼굴도 제대로 마주하지 못했다. 그러다 시간이 지나면서 점점 익숙해져 갔다. 그들도, 나도. 민낯에 익숙해져야 하는 사람은 타인만이 아니라 나 자신도 포함되었다.

화장을 한다는 것은 본래 모습보다는 더 미화된 모습을 타인들에게 보여 주는 행위이다. 우리는 그것이 나의 진짜 모습이라 믿는다. 진짜 나의 모습은 화장품 뒤에 숨겨 두고. 가짜로 포장된 얼굴로 타인을 속이고 나조차도 속이고 있었던 것이다.

문득, 세상에 모습을 숨기고 있는 나의 진짜 민낯은 어떤 것일지 생각해 보았다. 흠처럼 보이는 잡티는 되도록 잘 감추고, 상처는 보이지 않으려 부러 다른 곳에 힘을 주어 시선을 분산시킨다. 그러고는 늘 예쁜 척, 밝은 척하는 얼굴로 사람들을 대한다. 나의 진짜 모습은 감춘 채 말이다.

가끔 가다 진짜 나의 흠과 상처들을 내보이면 사람들은 깜짝 놀란다. 그 모습이 싫어 피하려는 사람도 있었다. 대체로 사람들은 밝은 것을 좋아하니까.

물론, 이 또한 나의 착각일 수 있다. 흠과 상처들이 싫어 피하는 것은 사람들이 아니라 나일지 모른다. 나부터 민낯을 부끄럽게 여겨 고개를 들지 못하기에 사람들이 피한다고 생각하는 것일지도.

나의 민낯에 나도 익숙해져야 하듯, 흠과 상처를 인정해야 하는 대상 역시 멀리 있는 타인이 아니라 나 자신이 아니었을까 싶다.

함께 운동하는 사람들은 나의 민낯에 전혀 당황하지 않는다. 오히려 화장한 나의 얼굴을 보면 당황할지 모른다.

진짜 나의 모습에 진솔한 표정을 보여 주는 그들과 함께할 때면 매우 편안해진다. 거짓으로 나를 감추고, 꾸미고, 연기할 필요가 없는 그 순간이 참 좋다.

지는 게 뭐 어때서?

진다는 것을 자존심 상하는 일이라 생각하는 주짓떼들이 종종 있다. 재미있게도 그런 생각을 하는 주짓떼들은 더 자주 패배하고 이 운동을 오래 하지 못한다는 공통점이 있다.

심리학적으로 자존심은 '자기 능력을 자신이 속한 소속 집단의 승인을 기초로 하여 발생하는 감정'이다. 그 말을 주짓수로 가져와 해석하면 이겨야 하는 이유가 타인의 시선 때문이 된다. 남에게 굽히지 않고 높은 품위가 있음을 타인에게 보여 주고 싶다는 뜻이 된다.

자존심이라는 단어를 자주 사용하는 사람 치고 주짓수를 잘하는 사람을 보지 못했다. 진다는 것이 결코 자존심 상하는 일이 아님에도 그렇게 명명해 치부하는 순간 승리는커녕 패배할 수밖에 없다. 승부에서 자만심은 패배와 결을 같이하니까.

알량한 자존심을 지키겠다고 승부에서 보이는 나의 행동들은 아등바등 혹은 안간힘에 불과하다. 상대에게 보여 주려 아무리 발버둥 쳐도 내가 잘한다는 것은 순전히 착각일 뿐이다. 상대를 이기려 안간힘을 쓰면 쓸수록 내가 가진 자만심은 금방 바닥을 내보인다.

패배가 자존심 상하는 일이라 했을 때, 나를 가장 자존심 상하게 한 주짓떼로는 현로 오빠이다. 키도 크고 실력도 좋은 현로 오빠와 스파링을 하면 5분 동안 나는 최소 5번의 탭을 외쳐야만 한다.

한 번은 스파링을 마치고 악수를 하며 그에게 말했다.

"오빠에게 제대로 기술 한 번 걸어 보는 게 내 소원이에요."

그럼 그는 내게 꼭 그래 보라며 놀리고는 했다. 그래서 내가 선택한 방법은 무수한 패배였다. 공격 패턴을 익혀야지만 반격의 방법을 찾을 수 있기 때문이다. 그의 공격 패턴에서 가장 먼저 발견한 것은 도복의 라펠을 굉장히 잘 활용한다는 것이었다. 손의 힘만으로 제압하기보다 라펠을 이용하면 근력 대비 압박이 훨씬 컸는데, 그 뒤로 나는 도복 어느 부분도 빼앗기지 않으려 주의하게 되었다.

또 알게 된 점은 그가 몸을 굉장히 잘 굴린다는 것이었다. 내가 상위 포지션에서 공격하려 하면 자세를 역전시켜 자신이 상위 포지션으로 올라갔고, 속도로 힘을 역전시키려 하면 금세 몸을 굴려 나와 다시 마주보고 있었다. 그의 이런 장점들과 공격 패턴을 익힌 나는 그가 가진 장점들을 피하는 방식으로 공격을 시도했다.

하지만 내가 성장하는 속도보다 그의 발전 속도가 월등히 빨랐다. 그는 나보다 빨리 나의 방어법을 깨뜨렸고 내가 한 가지 기술을 익히는 동안 두 가지, 세 가지 기술을 익혔다. 이대로 가다가는 영원히 그에게 제대로 기술을 걸 수 없을 것만 같았는데, 어느 날 정말 그렇게 되고 말았다. 그가 미국으로 이민을 가 버린 것이다.

모르긴 몰라도 그가 이민을 가 버려서, 더는 우리 체육관에 나오지 않아서 가장 서운한 사람은 아마 나일 것이다. 비단 그에게 기술을 걸지 못해서가 아니다. 이제 더는 그의 강한 기술을 피하는 방법을 배울 수 없다고 생각하니 무척 아쉬웠다.

기술은 한 번도 걸지 못했지만 막강한 상대 덕분에 다른 사람들이 거는 기술을 요리조리 잘 피하게 되었고, 역으로 그들에게 기술을 걸 만한 실력이 되었다. 그가 나를 강하게 만들어 준 것이다.

이겼다는 사실은 순간적으로 기쁨을 가져다주지만 패배는 더 많은 가르침을 준다. 어떤 기술에 걸려 졌는지 꼼꼼히 살피고 도망갈 수 있는 기술을 익히면 다음에는 유려하게 빠져나올 수 있다. 졌을 때 자존심이 상하는 것은 순간이요, 기술을 익혀 내 것으로 만들면 그것은 오래 간다.

지금껏 나는 단 한 번도 현로 오빠와의 승부에서 자존심이 상한다고 생각해 보지 않았다. 오히려 앞으로는 그에게 질 일이 없다는 사실이 나를 서글프게 한다. '현로 오빠, 돌아와요!'

열심히 했는지, 안 했는지는
다리의 멍을 보면 알 수 있다!

이른 초가을 사촌 오빠의 결혼식이 있었다. 예쁘게 꾸미고 친척들을 만나기 위해 결혼식 전용 원피스를 꺼냈다. 결혼식 전용 원피스라 함은 평소에 입기는 다소 화려하지만 입었을 때 평소보다 예뻐 보이는 착시 효과(물론, 내 생각이다)를 불러일으키는 것을 말한다.

그 샤랄라한 원피스를 입고 거울을 봤는데 깜짝 놀라고 말았다. 거울 속 내 다리는 전혀 샤랄라하지 않았다. 양쪽 다리에 깜짝 놀랄 만한 멍 대여섯 개가 들어 있었다. 도무지 그대로 나갈 수 없어 하는 수 없이 조금 이른 감이 있는 얇은 검정 스타킹을 꺼내 신고 나갔다.

30대가 되고 나서는 종종 몸에 언제 생겼는지 모를 상처와 멍들이 생기고는 했다. 분명 어디서 부딪혀 생긴 것일 텐데 기억이 잘 나지 않았다.

현재 내 다리를 보랏빛으로 물들인 멍의 출처는 분명했다. '주짓수.'

주짓떼들에게 멍은 기본 옵션이다. 킥복싱이나 격투기처럼 타격감이 있는 운동은 아니지만 몸을 맞대고 스파링을 하다 보면 멍이 들 수밖에 없다. 더욱이 전신 뼈에 철이 함유되어 있다는 믿거나 말거나 한 소문을 몰고 다니는 오 관장님 같은 사람과 스파링을 하면 살짝 스치기만 해도 금세 멍이든다. 그 탓에 나를 포함하여 많은 주짓떼라들이 치마를 입지 못하는 불상사가 발생하기도 한다.

그런데 이상하게 요즘 들어 부쩍 나의 멍을 어딘가에 자랑하고 싶다는 생각이 들었다. 주짓수를 해서 다리에 이토록 많은 멍이 들었다고 사람들에게 소문내고 싶다. 주변의 (주짓수를 하지 않는) 어떤 사람들도 이런 자랑스러운 멍은 가지고 있지 않을 테니.

우스갯소리 중에 '남자가 멋있는 순간'이라는 글을 본 적이 있는데, 거기 보면 자신의 일을 열심히 하고 있는 남자의 모습이 매우 멋있다고 쓰여 있다. 멍든 다리를 자랑하고 싶은 것도 이와 비슷한 맥락이 아닐까 싶다.

주짓수를 열심히 하고 있다는 증거이자 스파링을 하지 않으면 얻지 못하는 이 멍들이 나는 자랑스럽다. 스파링을 열심히 했다는 으스댐은 보너스. 일, 운동, 공부도 마찬가지다. 무언가에 푹 빠져 열심히 하고 있다는 것은 충분히 자랑스러워할 만한 일인 듯하다.

겸손을 미덕으로 삼는 사회에서 자랑은 오랫동안 금기시되어 왔다. 남이 갖지 못한 것을 자신이 가졌다며 으스대고 싶은 마음, 남들이 하지 못한 것을 해냈다며 드러내고 싶은 마음은 잘못되었다고 배웠다. 그런 탓에 목까지 차오르는 자랑의 욕구는 최대한 드러내지 않고 살기 위해 애쓰게 되었다.

요즘은 그런 분위기가 사뭇 달라진 듯하다. 무한 경쟁 속에서 살아남으려면 자기 자신을 드러내야 한다며 세상의 목소리가 달라졌다. '자기 PR시대'가 도래한 것이다. 이는 허세나 과시가 아닌 일종의 자기표현이라는데 그마저도 나는 쉽지 않았다. 자랑을 금기시하는 것을 미덕이라 배운 탓에 너무도 힘들고 어려운 과제처럼 느껴졌다.

그렇게 시간이 흐르고 자기 PR의 단계를 지나왔더니. 이제는 자랑을 하려 해도 좀처럼 거리가 없어 하지 못하고 있다. 내가 남들보다 특별히 뛰어나지 않다는 것도 알았고, 가진 것 중에서도 특별히 드러낼 만한 것이 없다. 자랑과는 거리가 먼 삶을 살고 있었다. 그런 내게 드디어 자랑거리가 생긴 것이다. 바로 '다리의 멍'.

오늘 밤, 나는 SNS에 시퍼렇게 멍이 든 사진을 찍어 올리며 자기 PR을 해 보려 한다. 혹시 알까. 나의 멍든 다리 사진에 반응하여 누군가 주짓수를 시작하게 될지. 현재 나는 다리 외에도 주짓수를 열심히 했다는 영광의 상처를 몸 구석구석에 가지고 있다. 그것을 누군가에게 꼭 보여 주고 싶다. 자랑하고 싶다. 조만간 친구들을 만날 때 치마를 입고 나가 다리에 든 멍을 구경시켜 줘야겠다.

이가 없으면 잇몸으로!
발이 없으면 엉덩이로!

이가 없으면 잇몸으로 씹는다는데 발이 없으면 어떻게 걸어야 할까. 믿기 힘들겠지만 주짓수에서는 이럴 때 엉덩이로 걷는다!

앉은 채로 양발, 양손을 모두 공중에 띄우면 오직 엉덩이로만 앉아 있을 수 있는데 그 상태에서 손은 좌우로, 발은 우좌로 흔들면서 엉덩이를 들썩들썩하다 보면 놀랍게도 엉덩이로 걷게 된다. 주짓수에서는 이것을 '엉덩이 걷기'라 부른다.

왠지 엉덩이가 아플 것 같다고? 그럼 등으로 걷는 방법도 있다. 등으로 걷는 방법도 마찬가지다. 누워서 엉덩이와 어깨의 방향을 서로 엇갈리면서 옆으로 걸으면 된다.

처음 주짓수를 시작했을 때 나는 엉덩이 걷기와 등 걷기로 3-4보를 겨우 걸을까 말까였다.

'씰룩씰룩.'

'들썩들썩.'

아무리 열심히 꿈틀대도 도무지 앞으로 나아가지 못하는 몹쓸 몸뚱이.

오 관장님은 주짓떼들의 실력에 따라 도착 지점을 달리 정해 주셨는데 나는 절반에도 미치지 못하는 거리를 겨우겨우 갔다. 그마저도 관장님의 눈을 피해 빠르게 앞으로 나아가는 꼼수를 부렸다.

그러다 점차 엉덩이 걷기 실력도 진화했고, 나중에는 도착 지점이 체육관의 끝에서 끝으로 늘어났다. 내재되어 있던 승부욕이 샘솟아 다른 주짓떼들을 이기려 아주아주 빠르게 나아가기도 했다.

도대체 왜 멀쩡한 발을 두고 이런 쓸데없는 짓을 하느냐고?

엉덩이 걷기는 스파링을 할 때 매우 유용한 기술이다. 주로 앉아 있거나 누워서 스파링을 하는 주짓수에서 상대에게 다가가거나 멀어지기란 쉽지 않다. 원하는 거리로 이동하기 위해 매번 일어날 수도 없다. 서서 싸우는 것이 결코 유리하지도 않고 말이다. 그때 엉덩이 걷기를 이용한다. 양손, 양발이 모두 바빠도 엉덩이로 걸어 일정 거리를 유지한다.

주짓수를 하기 전에는 상상조차 해 보지 않던 행동이다. 만약, 내가 집에서 엉덩이로 걸어 다닌다면 엄마에게 등짝을 맞을 것이며 친구들은 나를 이상한 애 취급할 것이다.

이는 오직 체육관에서만 허용되는 일이다. 열심히 엉덩이로 걸어 다니면 관장님들이 실력이 많이 늘었다며 박수를 쳐 준다. 이런 낯선 경험은 발상의 전환이라는 뜻밖의 선물을 가져다주기도 한다.

'우리는 나이가 들면서 변하는 것이 아니라 보다 자기다워지는 것이다'라는 말이 있다. 모든 지식과 정보, 감정을 스펀지처럼 흡수하던 어린 시절을 지나 이제 그것들이 자기 위치를 찾아 '나'로 발현되는 것이다. 정신 의학적인 관점에서 보면 우리가 하는 말이나 행동에 있어 실수는 없다고 한다. 실수조차 무의식중에 가지고 있는 진심인 것이다.

가끔 오래된 친구를 두고 '이런 면이 있었나?' 혹은 '어릴 때는 안 그랬는데 지금은 왜 그러지?' 하는 생각이 들 때가 있다. 생각해 보면 나이 들어감에 따라 변한 것이 아니라 좀 더 자기다워진 것일 수 있다. 여기서 자기다워진다는 것은 좋은 뜻일 수도 있지만 융통성이 사라지고 고정관념이 많아졌다는 뜻일 수 있다.

매일 반복되는 평범한 일상 속에서 변화를 시도하기란 참으로 쉽지 않다. 자꾸만 새로운 자극을 받고 그 속에서 무언가를 깨달아야지만 사람은 달라질 수 있고 발상의 전환을 시도할 수 있다. 내가 주짓수를 통해 새로움을 느끼고 당연하다고 생각했던 것이 당연하지 않음을 깨닫게 되었듯 말이다.

애초에 시도조차 하지 않고 포기해 버린다면 영원히 새로움을 받아들이지 못할 것이다. 무언가를 시도할 때는 잠시 고충이 따르더라도, 두려움이 앞서더라도 그것을 극복하고 도전해야 한다.

오늘도 나는 새로운 도전을 위해 '씰룩씰룩', '들썩들썩' 열심히 엉덩이로 매트 위를 누비고 있다. 힘겹게 버둥대며 매트 위를 문지르고 돌아다닌 결과 이제는 발 없이도 앞으로 나아가게 되었다. 주짓수를 하기 전에는 절대 시도조차 해 보지 않았을 일이다.

이가 없으면 잇몸으로, 발이 없으면 엉덩이로 걸을 수 있는 것처럼 앞으로도 삶을 두고 계속해서 새로운 시도를 해 갈 것이다. 이미 내 엉덩이에는 굳은살이 박였으니 어떤 도전도 두렵지 않다!

슬로우, 슬로우, 퀵 퀵!

나는 고향이 충남이지만 충청도 사람답지 않게 성격이 매우 급하다. 무엇이든 빨리빨리, 후다닥 해치워야 직성이 풀린다. 말도 빠르고 행동도 빠르다. 가끔은 생각보다 행동이 빨라 생각이 미처 다 끝나기도 전에 상황이 종료되는 경우도 있다. 나의 이런 습성은 주짓수를 할 때도 마찬가지다.

스파링이 시작되면 공격하기 위해 섣불리 깃부터 잡았고 잠시라도 머뭇거리면 상대가 공격할지도 모른다는 생각에 매우 빨리 움직였다. 덕분에 근력은 좋으나 움직임이 느린 남자들과 스파링을 할 때는 이 점이 유리하게 작용했다. 빨리빨리 움직여 상대의 혼을 쏘옥 빼놓을 수 있었다. 빠른 움직임을 방어하기 위해 더 빠르게 움직이는 상대의 힘을 앞서 빼놓을 때도 매우 유용했다. 하지만 빠른 움직임만으로 상대를 이길 수는 없었다.

서 관장님은 내게 '공격은 천천히 그리고 정확히 해야 한다'고 조언하셨다. 기술을 이용해 상대를 제압하려면 천천히면서도 정확하게 움직여야 한다는 것이다. 머리로는 관장님의 말씀이 백 번 맞다고 이해했지만 실천은 쉽지 않았다. 느린 움직임으로 인해 금방 수가 읽힐 것 같았고, 원하는 공격을 하지 못할 것만 같았다.

시간이 흐를수록 관장님의 말씀이 무슨 뜻인지 깨닫게 되었다. 그동안 나는 조급함이 앞서 제대로 상대를 공격하지 못하고 있었다. 기술과 힘이 부족하니 무조건 상대를 혼란스럽게 만들어야 한다는 압박 탓에 어떤 공격을 할지 생각할 겨를이 없었다. 만약, 그런 조급함을 거둬들이고 공격 방향을 미리 생각하고 기술을 시도했다면 어땠을까. 상대를 혼란스럽게 만들지 않고서도 뜻대로 공격을 펼칠 수 있지 않았을까.

조급함은 주짓수 외에 다른 상황에서도 여지없이 드러난

다. 프리랜서로 일을 하다 보면 '시간이 곧 돈'이다. 빠른 시간 안에 일을 처리해야 다른 업무를 더 많이 처리할 수 있고, 많은 일을 해야지만 수입도 늘어난다. 그러다 보니 안 그래도 급한 성격이 더 급해졌다. 나중에는 업무 처리가 조금만 늦어져도 무능한 사람이 된 것 같아 기분이 좋지 않았고 점점 더 속도에 집착하게 되었다.

거북이가 오래 사는 이유는 느리기 때문이라는 말을 들은 적이 있는데, 그것이 사실이라면 나는 이번 생에 오래 살기는 틀린 것 같다. 처음에는 마냥 근거 없는 말이라고 여겼는데 곰곰이 생각해 보니 꼭 그렇지만도 않은 것 같다. 모든 것을 빨리하려면 그만큼 많은 에너지가 필요한데 속도만 고집하다 보면 아무리 다시 채워도 금세 소진되고 만다.

지금껏 나는 앞만 보며 달려오느라 주변을 돌아볼 새도 없이 지내 왔고, 숨은 늘 턱 끝까지 차 있었다. 고생하는 몸과 마음, 두뇌에 영양가 높은 것, 재미있는 것, 편안한 것을 채워 줄 겨를이 없었다. 쉼 없이 달리다 잠시 멈춰 서서 주위를 둘러보면 어쩐지 남들보다 한 발 앞서 있는 듯한 기분이 들었는데 단지 그뿐이었다. 긴 인생을 놓고 보면 그 차이는 아주 미세해 티조차 나지 않았다.

주짓수도 마찬가지다. 정신없이 빠르게 '퀵 퀵' 상대의 혼을 빼놓는 것은 스파링 전체를 두고 봤을 때 결과에 작은 영향도 미치지 못하는 발재간에 불과하다. 정말 잘하는 사람은 서두르지 않고 천천히 기술의 단계를 밟아 간다. 에너지를 비축했다가 필요한 순간에 빠르고 정확하게 기술에 힘을 더해 승리를 이끌어 낸다. 이것이 주짓수의 '슬로우, 슬로우, 퀵 퀵' 비결이다.

기술이든 일이든 어떤 일을 시도할 때는 서두르지 않아야 정확하게 할 수 있다. 나아가야 하는 순간을 정확히 포착해 타이밍에 맞춰 박차를 가해야 결정적 한 방을 얻어 낼 수 있다. 조급한 마음을 버리고 매트 위에 오른다면 못 이길 싸움이 없다. 우리의 인생도 마찬가지고.

NO-GI, 스파링데이!

주짓수를 할 때는 두 가지 방식이 있다. 도복을 모두 갖춰 입고 스파링을 하는 기$_{GI}$와 도복을 벗고 컴프레이션 타이즈나 래쉬가드 같은 것을 입고 하는 노기$_{NO-GI}$.

태권도처럼 타격감이 있는 운동과 달리 주짓수는 서로의 도복을 쥐거나 당기기에 옷감이 매우 두꺼운 편이다. 상대의 도복 라펠을 일부러 끄집어내 공격에 이용하기도 하고, 도복으로 공기를 차단해 일명 '이산화탄소 공격'을 펼치기도 한다.

도복을 벗고 하는 노기의 경우 어딘가를 잡고 공격을 할 수 없기에 주로 상대의 몸에 나의 손이나 관절을 걸어 스파 링을 하게 된다. 기의 방식이 유도와 매우 흡사하다면 노기 는 레슬링과 유사하다.

일전에 모 방송 프로그램에 이종 격투기 선수 김동현이 나 와 여자 개그우먼에게 주짓수를 가르쳐 준 적이 있다. 그때 김동현 선수는 '주짓수란 작은 사람이 큰 사람을 이길 수 있 고, 사람이 맹수를 이길 수도 있다'고 했다. 단, 상대가 (심지 어 맹수일지라도) 도복을 입고 있을 때만. 그 말은 스포츠 정신을 이야기한 것일 수도 있고, 주짓수가 기 방식의 스포츠라는 점에서 한 말 일수도 있다. 그만큼 주짓수에서 도복은 매우 중요하다.

나는 스파링데이를 무척 좋아한다. (스파링데이란 테크닉 수업 없 이 내내 스파링만 하는 날을 말한다) 그때그때 상황에 따라 다르지만 주로 5분 스파링, 2분 휴식을 기본으로 한다. 파트너도 계속 해서 바뀌는데 힘이 들면 옆에 가서 쉬다가 다시 체력이 보 충되면 스파링을 재개하면 된다. 가끔가다 서 관장님이 노기 스파링데이도 여는데, 규칙은 도복을 잡을 수 없다는 것만 추가될 뿐 여느 스파링데이와 똑같다.

하지만 도복을 잡을 수 없다는 사소한 규칙 하나로 인해 내가 알고 있는 대부분의 기술을 사용할 수 없었다. 도복이 없어지자 나의 손가락들은 갈 곳을 잃고 어디를, 어떻게 공격해야 할지 몰라 방황했다. 정말이지 아.무.것.도. 할 수 없는 상황 그 자체였다.

내가 좋아하는 에제키엘초크를 위해서는 도복 소매가 필요했고, 새로 배운 베이스볼초크를 하려면 상대방의 도복 라펠이 필요했다. 그나마 아는 기술 중에 도복 없이 할 수 있는 기술은 백초크 하나 뿐.

문제는 체육관의 많은 무림 고수들을 오직 백초크 하나만으로 제압하기란 불가능하다는 것이었다.(도복을 입었다고 모두를 제압할 수 있는 것도 아니면서 이렇게 말하는 거만함이란) 그 결과 나는 체육관에 발을 디딘 지 한 달도 되지 않은 무그랄의 병아리 주짓떼라가 되어 버렸다.

문득, 노기 스파링데이를 연 서 관장님의 의도가 궁금했다. 혹 주짓떼들에게 초심으로 돌아가 운동에 임하라는 깊은 뜻이 숨어 있었던 것은 아니었을지.

한 번은 서 관장님이 스파링 하는 내 모습을 보고 처음 체육관에 왔을 때의 어리버리함을 영상으로 찍어 놓았어야 했다고 말씀하셨다. 그만큼 처음에 나는 주짓수에 서툴렀고 어설펐다. 그런 내가 이제 스파링도 하고 기술도 건다. 처음에는 앞 구르기조차 제대로 하지 못했는데 이제는 앞 구르기, 뒤 구르기는 물론이고 옆 구르기까지 하게 되었다. 심지어 무그랄의 주짓떼들에게 이렇게 해 봐라, 저렇게 해 봐라 훈수도 두게 되었다.

운전에 있어 교통사고가 나기 가장 쉬운 때는 막 배웠을 때가 아닌 '이제 내가 운전을 좀 한다'고 생각하는 시기라는데, 주짓수도 그런 듯하다. 자신감이 생기면서 긴장을 늦추고, 잘 안다는 거만함 때문에 사고가 나듯 막 초보 딱지를 떼고 기술 좀 안다고, 스파링에서 몇 번 이겨 봤다는 거만함이 생기면 이내 다치고 만다.

지금 내가 딱 그 시기인 듯하다. 나보다 늦게 주짓수에 발을 들여놓은 주짓떼들에게 괜히 훈수를 두며 아는 척을 했다. 승패는 절대 시간과 비례하지 않음을 알면서도 말이다.

노기 스파링데이를 통해 나는 주짓수의 초심을 되돌아보게 되었다. 도복이 없는 나는 주짓수의 지읒도 모르는 초보 주짓떼라였다.

기술 몇 개 안다는 거만함은 내려놓고, 스파링에서 몇 번 누군가를 이겨 봤다는 자신감은 집어 치우고, 하나하나 배우고 익힌다는 마음으로 다시 주짓수를 시작해야겠다.

그래서 다음 노기 스파링데이에는 도복 없이 가능한 기술을 꼭 세 가지 이상 익혀 무림 고수들을 제압하리라!

쪽팔린 블루 벨트가 되고 싶지 않아요!

주짓수를 시작한 지 어언 8개월 차, 나는 현재 화이트 벨트 2그랄의 주짓떼라이다.

그간 나름 우수한 출석률과 날렵한 움직임으로 오전반의 화이트 벨트 에이스(?)로 통했다.(자칭) 8개월 전의 내가 그랬듯, 이제 막 주짓수를 시작한 무그랄의 주짓떼들 눈에 나는 도복도 세 벌이나 있는 어엿한 주짓떼라처럼 보일 것이다.

역시 운동이란 열심히 한 만큼 결과가 뒤따르는 것인가. 매일매일 연습을 하니 실력이 느는 것이 날로 느껴졌다. 관장님들의 칭찬 역시 나를 춤추게 했다.

그렇지만 화이트 벨트와는 레벨부터 다른 블루 벨트와 스파링을 하면 백전백패했다. 블루 벨트와의 스파링에서 지는 것은 크게 분하지 않았다. 오히려 이기면 기분이 좋지 않았다. 상대가 나를 과도하게 배려해서 봐 준 것이기 때문이다. 차라리 거칠게 다뤄 주는 강한 상대가 좋았다. 배려하고 조심하며 실전과 다르게 배우는 것은 기술을 익히는 데 큰 도움이 되지 못했다. 실전처럼 당하면서 배우는 편이 기술을 익히는 데는 더 도움이 되었다. 그래서 테크닉 수업보다 스파링만 주구장창 하는 스파링데이가 나는 훨씬 즐거웠다.

블루 벨트는 역시 이름값을 했는데 무엇이든 월등히 잘했고 능숙했다. 어떻게 하면 저렇게 기술 이름도 잘 알고, 천천히 하면서도 정확하게 기술을 거는지 내심 부러웠다. 나도 이제 어엿한(?) 2그랄인데. 그들에 비하면 쪼렙이었다.

스파링 도중에 주위에서 훈수를 둬도 기술 용어들을 잘 몰라 알아듣지 못할 때가 부지기수였고 뭘 해도 늘 2퍼센트 부족했다.

'왜 주짓수 기술 용어들은 다 어려운 영어인 것이죠?'

(그야 우리나라 운동이 아니니까요……)

'기술은 어떻게 해야 천천히 하면서도 정확히 들어갈 수 있죠?'

(기술을 정확히 익히고 배운 대로만 하면 된답니다)

관장님들 말씀처럼 정말 시간이 지나면 자연스럽게 실력이 느나요?

(그럼요, 그럼요. 꾸준히 잘 나오시기만 한다면요)

나도 지금처럼 열심히 노력한다면 아마 내년쯤에는 블루 벨트를 맬 수 있을 것 같았는데…… 그러다 문득 이런 생각이 들었다.

'출석률만 잘 채워 승급한 내공 없는 블루 벨트가 되지는 않을까'.

갑자기 두려워졌다. 출석률은 좋은데 기술은 제대로 걸 줄 모르고, 맨날 화이트 벨트들에게 당하는 블루 벨트라니. 생각만으로도 얼굴이 달아오른다.

글 쓰는 일을 시작하면서 나는 내내 작가라는 호칭을 쓸 수 있는 날이 빨리 오기를 고대했다. 남들보다 더 빨리 명성이 높은 작가가 되고 싶었다. 무조건 빨리, 높이 올라가는 것이 중요하다고 생각했다.

하지만 시간이 지나면서 빠르게 높이 올라간 사람들이 이름값을 하지 못하는 것을 보며 실력은 부족한데 운이 좋아 앞서 간 것은 아니었을까 하는 생각이 들었다. 직급과 직위를 빨리 얻는 것만이 꼭 좋은 것은 아님을 깨달았다.

글을 쓰기 시작한 지도 벌써 10년이 지났지만, 아직도 누가 무슨 일을 하느냐고 물어보면 작가라는 말이 입에서 쉽게 나오지 않는다. 작가라 부를 만큼 작가답지 못하기 때문이다.

지금 내게 전과 다른 꿈이 있다면 다른 작가들에게 누가 되지 않으면서 작가라는 호칭을 계속 써도 되는 글쟁이가 되는 것이다. 그러려면 더 많은 지식을 쌓고, 세상을 공부하고, 책도 보고 영화도 봐야 한다. 공부에 쉼이 없어야 한다.

누군가는 높이 올라가는 데 아주 많은 시간이 필요하고, 누군가는 아주 짧은 찰나가 필요하다. 그것은 실력으로 결정되기도 하고 때로는 운이 작용하기도 한다. 같은 일을 10년째 하다 보니 어느 자리에 오르기까지 걸리는 시간은 그리 중요하지 않음을 깨닫게 되었다. 오래 걸린다고 해서 실력이 없는 것이 아니듯, 빨리 오른다고 그 자리를 오래 지킬 수 있는 것도 아니니까.

중요한 것은 내가 그 자리에 오를 만큼 실력을 갖추었는지 스스로 인정하는 데 있다. 아직 그럴 깜냥이 되지 못하는데 갑

자기 높이 올라가 전전긍긍하며 불안에 떨고 있다면 꼭 그 자리를 지키지 않아도 되지 않을까. 반대의 경우도 마찬가지고.

연일 뉴스에 보도되는 사건, 사고의 절반 이상은 높은 자리에서 그만큼의 책임을 다하지 못한 사람들의 이야기이다. 역시 높은 곳에 빠르게 올라가는 것만이 능사는 아닌 듯하다.

나는 블루 벨트의 뒤꿈치도 따라가지 못하는 실력으로 블루 벨트가 될까 두렵다. 화이트 벨트들이 매번 나를 이겨 분할까 봐 벌써 무섭다. 그래서 오늘도 다른 블루 벨트들에게 누가 되지 않도록 열심히 기술을 익히고, 느리지만 정확한 공격을 위해 노력한다. 쪽팔린 블루 벨트가 되느니 차라리 자랑스러운 화이트 벨트로 남겠다는 각오로 말이다.

주짓수라는 인생의 친구

    우연히 집 길 건너에 주짓수 체육관이 생겼다는 이유만으로 주짓수를 시작했다. 주짓수가 무슨 운동인지, 운동을 하게 되면 무엇을 배우는지 모르고 시작했다. 한 번도 제대로 생각해 본 적이 없었다. 그러니 주짓수를 하며 그에 관한 글을 쓰게 되리라고는…… 감히 상상조차 해 보지 못했다. 그런 내가 주짓수와 동고동락한 지도 어느덧 1년이 지났다.

    1년 동안 휑했던 벨트에도 그랄이라는 것이 감겼고 주짓수 기술로 상대를 제압하기도, 제압당하기도 했다. 이제 격투기 프로그램을 보면 파이터가 무작정 달려들어 싸우는 것이 아니라 기술과 요령을 가지고 움직이는 것이며, 힘으로만 승패가 좌우되지 않음을 알게 되었다.

하기 전보다 많은 것을 알게 되었지만 아직도 나는 주짓
수가 무엇인지 잘 안다고 말할 수 없다. 앞으로 배워야 할 것
이 더 많으며 해 보고 싶은 것도, 해야 할 것들도 너무 많다.
주짓수를 하며 들었던 많은 생각들은 나의 선택에 적지 않은
영향을 미쳤다. 그로 인해 내 인생에도 크고 작은 굴곡, 변화
들이 생겼다.

이것은 꼭 주짓수가 아니었어도 마찬가지였을 것이다. 육
상, 스쿼시, 클라이밍…… 어떤 것을 시작했어도 변화는 있었
을 것이다. 삶을 되새기며 진리를 돌이키는데 종목은 중요치
않으니까.

세상에 존재하는 수많은 것에는 나를 성장하게 하고 변화
시키는 철학들이 숨어 있다. 그동안은 삶이 피곤하다는 이유
로, 경제적으로 풍족하지 않다는 이유로, 귀찮다는 이유로 행
동과 생각을 멀리한 채 현재의 불만에 불평만 늘어놓으며 그
것들을 그냥 지나쳐 왔는지도 모르겠다.

나는 자주 '삶의 의미'에 대해 생각한다. 때로는 세상의 그 어떤 것도 삶의 의미를 던져 주지 못하지만, 가끔은 숨을 쉰다는 그 자체만으로도 커다란 의미가 새겨진다. 삶의 의미란 항상 내 안에 존재함을 머리로는 알면서도 지치고 힘들 때는 그 이성조차 인간이 만들어 낸 거짓이 아닐까 하고 의심이 든다. 내 안에서 삶의 의미를 찾고 나로서 완전해지기란 무척이나 힘든 일이었다.

그러다 언제부터인가 외부에서 그 의미를 찾는 것도 좋은 방법임을 깨달았다. 일과 사람, 영화가 내 삶의 한 부분이 되었듯 주짓수도 이제는 내 인생의 친구가 되어 '삶의 의미'가 되었다.

집 앞에서 우연히 만난 '주짓수 부라더스'의 주짓떼들이 삶의 일부가 되었다는 것이 아직도 신기하며 말로 다 표현할 수 없을 만큼 고맙다. 덕분에 인생에 선한 영향을 주고받으며 새로운 경험을 하고 성장하게 되었다.

끝으로 이 글을 읽어 주는 참으로 감사한 독자분들께도 드리고 싶은 말이 있다. 모두가 주짓수를 할 수도, 할 필요도 없다. 저마다 맞는 운동이 다 다를 테니. 다만, 아주 소소하고 사소한 것이어도 좋으니 각자의 삶에 의미가 되어 줄 '나만의 무언가'를 꼭 찾았으면 좋겠다.(나는 그것이 주짓수였을 뿐이다)

그것을 찾는다면 삶의 의미와 함께 새로운 친구, 새로운 기회가 당신의 인생에도 찾아올 것이다.

2019, 여름의 문턱에서
주짓떼라 **강선주**

아이 캔 주짓수

초판 1쇄 인쇄 2019년 8월 16일
초판 1쇄 발행 2019년 8월 23일

글 강선주
그림 연분도련

펴낸이 박세현
펴낸곳 팬덤북스

기획위원 김정대 · 김종선 · 김옥림
기획편집 이선희
디자인 심지유
마케팅 전창열

주소 (우)14557 경기도 부천시 부천로 198번길 18, 202동 1104호
전화 070-8821-4312 | **팩스** 02-6008-4318
이메일 fandombooks@naver.com
블로그 http://blog.naver.com/fandombooks

출판등록 2009년 7월 9일(제2018-000046호)

ISBN 979-11-6169-089-6 03810